마음이 허기질 때

어린이책에서 꺼내 먹은 것들

마음이 허기질 때
어린이책에서
꺼내 먹은 것들

Edition L

김단비 지음

나를 채운 열일곱 가지 맛

궁리
KungRee

들어가는 글

어린이책과 떠나는 열일곱 가지 맛의 여행

아이는 일곱 살 크리스마스에, 갖고 싶다고 두 달쯤 노래를 부르던 레고 '유령의 집'을 갖게 되었다. 많이 비쌌지만, 아직은 산타 할아버지가 있다고 굳게 믿고 있는 아이를 실망시키고 싶지 않았다. 그런데 아이가 선물을 받은 날 그린 그림에 레고는 아예 나오지도 않았다. 그림 속에선 땅속 깊은 곳에 있는 '만두'(키우고 있는 장수풍뎅이 애벌레 이름)가 엉엉 울고 있었다.

"산타 할아버지가 동물 어린이들한테도 선물 다 줬을까?"

이렇게 묻는 아이에게 건성으로 "동물들한테까지 주기는 힘들지 않을까?" 대답했는데, 아이는 그게 마음에 걸렸던 모양이다. 자기는 이렇게 좋은 선물을 받았는데, 애벌레는 크리스마스에 선물도 못 받아서 속상하겠다는 마음이 든 거다.

아, 이런 것이 아이의 마음이구나. 나는 또 새롭게 배웠다.

아이는 미로처럼 꾸불꾸불한 땅속 굴에 산타 얼굴을 겨우겨우 그려 넣더니 그 옆에 선물 상자도 하나 그렸다.

"괜찮아, 산타 할아버지가 곧 길을 찾을 거야."

이런 마음으로 살아가는 것이 어린이다. 동물들도 자기처럼 크리스마스 선물을 받았으면 싶고, 친구가 울면 무슨 일인지도 모르고 일단 따라 울고, 나 아닌 존재에도 관심을 기울이는 마음. 어쩌면 이런 마음이 모여 이 세상을 굳건히 지켜주고 있는지도 모른다.

어른이 되어서도 어린이 마음을 잊지 않는 사람들을 만날 때가 있다. 어린이책 만드는 일을 하고 있어서 그림책 작가나 동화 작가를 자주 만나게 된다. 그이들은 보통의 어른들과 다르다. 분명히 어른인데, 아이 같은 마음으로 세상을 보는가 하면 어른답지 않게 상대방 마음에 공명하는 능력이 탁월하다. 그런 어른들을 만날 수 있는 것이 어린이책 만드는 사람으로 누릴 수 있는 가장 큰 복이 아닐까 싶다. 그렇다고 제 잇속도 못 차리는 사람들이라는 뜻은 아니다. 세상을 똑바로 바라보고, 아이들을 지키기 위해 몸을 아끼지 않는 결단력이 있는 사람들이라는 뜻일 뿐.

물론 그런 사람들이라, 속이려 드는 사람 앞에서 속수무책 당하기도 하고 세상에 상처도 많이 받는다. 그래도 차라리 속으면서 살자, 하는 것이 이 동네 사람들인 것 같다. 속지 않으려고 의심부터 하느니, 상대방의 마음에 물음표를 그리면서 보느니, 그저 느낌표만으로 남는 사이가 되고 싶은 것이다. 속절없이 실망스러운 사람들도 분명히 있다. 그러나 그건 어느 곳이나 다 그렇지 않은가. 어린이책 만드는 사람이 되기로 결심한 그 순간부터 지금까지, 후회 없이 나아가고 있는 것은 그 덕분이다.

어른이 되어 그림책을 보고, 동화를 읽으면서 새삼스레 감탄하는 순간들이 많다. 어렸을 때 이런 책을 읽을 수 있었더라면 얼마나 좋았을까 싶어서 어린 나의 가난했던 책장이 안쓰러워진다. 그때는 진짜 아이들을 위한 책이 없어도 너무 없었다. 출판되는 어린이책도 부족했고, 우리 집 형편이 막내딸 읽는 책에까지 신경 쓸 만큼 넉넉지도 못했다. 지금의 아이들이 넘치는 책 홍수 속에서도 책을 멀리하는 것이 그래서 더 안타깝다. 지나는 아무 어린이나 붙들고 "이렇게 멋진 책이 있다는 거 알고 있니? 진짜 재미있어!" 하고 얘기해주고 싶어진다.

어린이책을 읽다 보면 내가 어린이였던 시절의 감정이, 이야기가 불쑥 솟아오를 때가 있다. 특히 특정 음식을 다룬 장면을 읽을 때가 그렇다. 식구들이 모여 앉아 두런두런 이야기 나누면서 밥 먹는 장면이 나올 때, 허기진 배를 부여잡고 그 순간 먹고 싶은 음식을 하나씩 읊는 어린이를 만났을 때, 돌아가신 엄마가 만들어준 음식이 먹고 싶어 눈물 흘리거나 행복했던 순간에 웃음과 함께 남은 맛있는 시간의 추억을 떠올리는 주인공을 보면서 마음이 움직이는 것이다. 그런 이야기들을 모아보니 그럭저럭 한 권에 모을 만큼이 되었다.

음식만큼 보수적인 것도 없다. 장거리 외국 여행을 갈 때 볶음 고추장이나 컵라면, 봉지 김치를 챙기는 사람들을 생각해보라. 향수병을 달랠 수 있는 특효약은 언제나 고향 음식이다. 음식을 매개로 한 이야기들이 특히 힘이 센 까닭도 거기에 있을 것이다. 그래서 맛있는 음식이 나오는 외국 작품도 많지만, 국내 작가의 어린이책으로 한정했다.

『알프스 소녀 하이디』를 읽으면서 하이디가 먹던 검은 빵은 도대체 무슨 맛일까 궁금했다. 그림책 『할머니의 팡도르』를 읽을 때는 '팡도르'가 대체 얼마나 맛있는 빵이기에 저승사자가 자기 임무를 잊을 정도일까 궁금해졌다. 그러나 거기까지였다. "죽기 전날 딱 한 가지 음식만 먹을 수 있다면 뭘 고래?" 누가 묻는다면 사람들은 거창하고 낯선 음식이 아니라 김치찌개, 된장찌개, 청국장 같은 일상의 음식을 고르기 마련이다. 그 음식을 함께 먹은 사람들과 시간이 담겨 있는 음식, 이야기가 있는 음식에 마음이 따라왔기 때문일 것이다. 그런 이야기를 함께 나누고 싶었다. 특별하고 거창한 음식 말고, 우리가 지나온 어느 순간의 찰나가 담긴 음식 이야기 말이다. 그런 음식 이야기를 펼쳐놓자니 내가 사랑하는 어린이책들이 한 권 한 권 따라왔다. 내가 부른 게 아니다. 자기들이 알아서 슬쩍 자리를 잡고 앉은 것이다.

쓰다 보니 지나치게 개인적인 이야기인가 싶어 망설여지는 순간들도 있었다. 다 지워버리고 다시 쓰고 싶기도 했지만, 그런다고 갑자기 글이 막 잘 써질 리도 없다. 믿어주고 격려해준 궁리출판사의 편집주간님 덕에 여기까지 썼다. 부끄럽지만 이렇게 끝내보려 한다.

모쪼록 어린이책과 함께 떠나는 열일곱 가지 맛의 여행이 즐거우시길 바란다.

2021년 겨울

김단비

차례

넉넉한 맛,
퍼낼수록 더 풍성해졌던
외갓집 이야기

이억배 그림책
『손 큰 할머니의 만두 만들기』

"어디 없어서 주나. 주고 싶어 주는 거지."
일 년 내내 먹을 만큼 만두를 빚은 손 큰 할머니처럼
우리 엄마도 언제고 자식들에게 내어줄 음식을
냉장고에 그득 쟁여뒀다.

방학만 되면 외갓집이 있는 청송으로 가는 버스에 올랐다. 아주 어렸을 때야 엄마와 같이 갔지만, 엄마랑 같이 간 기억보다 혼자 간 기억이 더 많다. 처음으로 혼자 외갓집을 찾아간 것이 초등학교 2학년 때였다. 겨우 아홉 살 어린이더러 세 시간도 넘게 걸리는 길을 혼자 가보라고 했으니, 우리 부모님도 참 대단하다. 남편도 여덟 살엔가 부여에서 서울까지 그 먼 길을 어른 없이, 그것도 동생까지 데리고 다녀온 적이 있다 하니 도대체 그 시절 부모님들은 우리를 어디까지 믿었던 걸까. 믿어서 그런 건지, 어쩔 수 없어 그런 건지는 일단 따지지 말도록 하자.

아무튼 방학만 되면 나는 시골로 향했다. 다섯 남매 중 하나라도 어딘가로 떼어 보내자는 계산이었겠으나, 당사자인 나한테도 나쁜 일은 아니었다.

대구에서부터 청송의 버스정류장까지는 시외버스를 타고 갔고, 도평에서부터 외갓집 동네까지는 완행버스로 갈아타야 했다. 어둑해지는 시골길을 아이 혼자 버스를 타고 가야 하는 일이 쉽지는 않았다. 어디에서 내려야 할지 모르겠는데 기사 아저씨한테 묻자니 운전에 방해가 되는 것 같고, 곧 내려야 할 것 같긴 한데 잘못 내리면 어쩌나 싶어 사색이 되어가는 참에 친절한 군인 아저씨 덕분에 외갓집 동네를 지나치지 않을 수 있었다.

깜깜해진 동네 고샅길을 타박타박 걸어 "외할매!" 하고 부르면서 마당에 들어서면 외할머니가 장지문을 벌컥 열고 달려 나왔다. 거친 나뭇등걸 같은 손으로 몇 번이고 나를 쓰다듬으며 "아이고, 니가 우예 왔노 그 먼 길을. 오이야, 어디 보자 내 강아지." 하셨다. 그렇게 훌쩍 또 유년의 한 고비를 넘어선 날이었다.

다음 날부터 동네 여기저기 또래들과 어울려 강가에 징검돌 놓기, 민물새우 잡기, 하릴없이 쏘다니기, 헤엄치고 강가에서 소꿉놀이, 공깃돌 산처럼 쌓아 놓고 '많은공기'도 하고, 쌍무지개 뜨는 날이면 감탄하며 무지개 뜬 산으로 우르르 몰려다니기 같은 일들을 무한반복하며 시간을 보냈다. 돌아보면 참으로 고소한 시간들이다. 엄마가 애써 사준 운동화 한 짝을 물에 넘실넘실 흘려보내고 고무신 신세가 되기도 했고, 외갓집 뒷간에 빠져 난데없이 외할머니가 온 동네에 똥떡을 돌리게도 했다. 조무래기들과 쌈박질도 했고, 감나무에 올라와 자꾸만 메롱 해대던 옆집 '머스마'랑 드잡이도 했던 것 같다. 그 모든 시간들이 다 좋았다.

조금 더 커서는 나도 방학마다 내려가진 못했다. 대신 엄마가 외갓집에 가는 일이 잦아졌다. 내가 그만큼 컸으니 이제 손 가는 아이도 없고 엄마가 없어도 집은 어찌어찌 돌아갔으니까. 엄마는 한 번 가면 며칠씩 일을 돕다 오곤 했다. 엄마가 외갓집에 다녀오는 날이면 자지 않고 기다리려고 용을 썼다. 엄마가 들고 오는 짐보따리가 궁금했기 때문이다. 외갓집에 간 엄마는 빈손으로 돌아오지 않았다. 신문지에 둘둘 싸인 참기름병이 보따리 한 귀퉁이를 고소하게 채우고 있었고, 깨, 콩, 고춧가루, 온갖 말린 나물이며 잡곡이 야물게 싸매져 있기도 했다. 그걸 푸는 데만도 한나절이었다.

없는 살림에 돈 버는 이라고는 아버지 한 분, 아이는 다섯에 줄줄이 대학교, 고등학교, 중학교에 다니고 있으니 여윳돈이라는 게 있을 수가 없었다. 시골집에 한 번씩 다녀오면 장에 가서 살 것들이 줄었고, 그만큼 돈을 아낄 수 있었다. 그런 속내는 모르고 엄마가 문을 열고 들어서면 득달같이 달려들어 물었다.

"엄마, 땅콩은? 어딨노? 갖고 왔나?"

주전부리 땅콩이 아니라 사탕 '땅콩카라멜'을 찾는 것이었다. 삼시세끼 배 채우는 것 말고 다른 여유는 부릴 수 없는 처지였던 내가 유일하게 달콤한 캐러멜을 먹을 수 있는 기회였다. 도평의 시외버스정류장 옆에서 슈퍼를 하던 이모가 대구로 돌아가는 엄마의 짐에 "딴 거는 줄 것도 없고, 이거 아아들 갖다줘라. 언니야, 또 온나. 또 보재이!" 하면서 애틋하게 넣어주는 것이 '땅콩카라멜'이었던 것이다.

그런 외할머니와 이모 덕에 엄마가 외갓집에 갈 때면 나는 행복했다. 엄마가 보따리 잔뜩 맛난 것들을 가지고 돌아올 시간을 손꼽아 기다렸다. 이제 어른이 되고 보니, 엄마가 그때 어떤 마음으로 외갓집으로 갔을까 궁금해졌다. 곤궁한 살림살이를 표 내고 싶지 않지만 그래도 퍼주시는 대로 가득가득 가지고 오면서 기뻤을까. 아니면 다음엔 꼭 용돈이라도, 외할머니가 바를 화장품이라도, 아니면 작은 선물 하나라도 꼭 가지고 와야지, 그렇게 다짐하기도 하셨을까. 외할머니, 외할아버지가 오래도록 건강하시기를 빌면서 외갓집 있는 동안 넘치도록 일만 하다 오지는 않으셨을까. 그래도 외할머니가 해 주시는 밥이 달고 맛나서, 외할머니 옆에서 잠깐 조울조울 졸다 깨는 시간이 너무 좋아서, 마당에 길게 내건 빨랫줄 가득 빨래를 해 널고 볕에 꼬득꼬득 말라가는 모습을 보는 게 참으로 기꺼워서 다시 시골에 와서 살고 싶단 생각을 하지는 않으셨을까.

지금도 엄마의 마음을 헤아리긴 힘들다. 이제 팔순을 넘긴 엄마는 뭘 물어도 "몰래. 내는 기억이 안 난대이." 하시고 만다. 조금만 일찍 여쭤볼걸. 아쉬워도 할 수 없는 일이다.

『손 큰 할머니의 만두 만들기』에 나오는 할머니가 나는 꼭 외할머니인 것 같다. 숲에 사는 할머니는 해마다 설이 다가오면 만두 빚을 준비를 한다. 할머니는 손이 아주 커서, 무얼 하든 넘치게 만든다. 이 동물 저 동물 다 거둬 먹이려면 어지간히 손이 크지 않으면 안 된다.

호랑이, 토끼, 다람쥐, 너구리, 뱀, 여우, 멧돼지, 곰, 부엉이들이 실컷 나눠 먹고, 한 소쿠리 가득 담아 각자 가져가고, 그러고도 남아서 할머니네 냉장고에 꼭꼭 쟁여 넣는다. 일 년 내내 먹을 양을 만들려면 아, 바쁘다 바빠. 김치도 가득, 숙주나물도 넉넉히, 두부도 있는 대로, 고기도 양껏 버무리니 만두소를 버무릴 그릇이 없다. 헛간 지붕으로 쓰는 함지박을 내려서 만두소를 쏟아붓고 버무린 뒤에는 밀가루 반죽을 빚는다.

엄청난 양의 밀가루 반죽에 끝도 없는 만두소를 넣고 만두를 빚으며 동물들도 할머니도 신이 나고 즐겁다. 특히 남은 반죽에 만두소를 몽땅 넣고 싸리비만 한 돗바늘로 만두 입을 꿰매 역시 엄청난 크기의 가마솥에 삶는 장면에서는 입이 쩍 벌어진다. 스케일 한번 대단하다!

동물들은 만두를 다 빚고 나서야 썰매타기, 눈 집 짓기, 눈사람 만들기, 윷놀이, 널뛰기를 하면서 신나게 논다. 그 모습을 넉넉한 웃음으로 지켜보는 손 큰 할머니 모습이 참 좋다. 저렇게 놀다 보면 할머니가 또 가마솥에 만두를 쪄주실 테고, 만두 냄새에 홀린 배고픈 동물들은 김이 포르르 나는 만두에 달려들어 신나게 먹어댈 것이다. 아무리 먹어도 줄지 않을 것이고, 퍼주면 퍼줄수록 더더 많아지는 것처럼 여겨져 배를 따뜻하게 불려갈 것이다.

혀를 날름거리며 만두 그릇을 껴안고 있는 호랑이, 빈 그릇을 머리 위로 들어 올리며 행복하게 웃는 곰, 그릇에 받을 새도 없이 두 손으로 덥석 만두를 쥐고 먹는 녀석들까지, 모두모두 흥겹다. 할머니집 마당에서 벌어지는 만두 잔치를 그저 들여다보는 것만으로도 군침이 흐른다.

설날 즈음에 읽을 그림책으로 『손 큰 할머니의 만두 만들기』만한 게 없고, 추석 즈음에 읽을 그림책으로 『솔이의 추석 이야기』만한 게 또 없다. 역시나 이억배 작가가 놀랍도록 아름답게 그려낸 이 책에는 엄마가 머리에 이고 왔던 외할머니 보따리의 절반쯤 되는 보따리가 등장한다. 초판이 나온 것이 1995년, 책의 주인공 '솔이'는 이미 성인이 되었으나 추석을 맞아 시골집을 찾아가는 설레는 귀성길의 마음만은 지금도 그대로다. 풍경은 달라져도 그 뜻은 변하지 않는다는 것을 알게 하는 명작이다.

그나저나 우리 엄마, 지금 생각해도 진짜 힘이 장사다. 그 무거운 걸 이고 어떻게 대구까지 왔는지. 그림을 들여다보는데 "끄~응, 아이고 허리야." 소리가 절로 나온다. 시골에 다녀오는 모든 엄마들의 머리에는 그렇게 정성이 한 보따리씩 올라앉아 있었다.

코로나19 때문에 아버지 팔순 잔치는커녕, 식구들끼리 모이지도 못했다. 그게 아쉬워서, 방역 지침 1단계에 이르자마자 대구로 달려갔다. 길게 머물지도 못하고 하룻밤 자고 서둘러 돌아오는데, 엄마가 부엌에서 온갖 것을 내오셨다. 평소처럼 KTX가 아니라 차를 타고 내려갔더니 이참에 이것저것 좀 가져가라고 신이 나신 것이다. 텃밭에서 거둔 고추 한 봉지(싫다고, 그냥 두라고 했지만 엄마가 우기는 통에 반 봉지 덜어내고 가져왔는데 너무 맛있어서 두고 온 반 봉지가 내내 마음에 걸렸고), 고추 쪄서 밀가루 발라 장만해둔 반찬(집에 가져가서 양념만 무쳐 먹으면 된다고 하는데도 귀찮아하는 나), 당차게 매운 고추를 잘게 다진 반찬(이걸 어디에 쓰냐고 투덜댔으나 어울리지 않는 음식이 없고), 달달하게 볶은 멸치볶음(이런 건 나도 할 줄 안다고 큰소리쳤으나 절대 같은 맛을 내지 못하는), 그 밖에도 온갖 과일들과 김치(묵은김치 떨어질 때 되지 않았냐며 한 포기 싸주시는 걸 도로 냉장고에 두고 왔는데, 칼칼한 김치찜 먹고 싶은 겨울밤이면 내내 생각났지), 요구르트까지, 자꾸만 꺼내는 엄마와 얼마나 실랑이를 했는지 모른다.

"어디 없어서 주나. 주고 싶어 주는 거지."

그저 수긋하게 다 받아 왔으면 좋으련만, 그러질 못했다. 나쁜 딸 같으니라고. 후회할 줄 알면서도 고치지 못하는 성질머리는 엄마 닮은 거라고 우겨댈 밖에.

일 년 내내 먹을 만큼 만두를 빚은 손 큰 할머니처럼 우리 엄마도 언제고 자식들에게 내어줄 음식을 냉장고에 그득 쟁여뒀다. 퍼줄수록 비는 게 아니라 더 풍성하게 채워지는 마법 같은 곳, 엄마의 곳간.

▸ 손 큰 할머니의 만두 만들기
채인선 글 / 이억배 그림 / 재미마주 / 1998년(초판)

따뜻한 맛,

밥만 같이 먹는다고 다 식구는 아니더라

백석 그림책
『개구리네 한솥밥』

아이는 먹어도 먹어도 계속 배가 고팠을 것이고,
고된 노동이 힘들었을 것이고,
엄마가 보고 싶었을 것이고,
마음이 몹시도 허했을 것이다.

나 태어나기도 전에, 그러니까 우리 아버지가 엄마랑 혼인하고 큰오빠를 낳은 뒤 군대에 막 다녀왔을 무렵, 스물대여섯 살쯤의 일이다. 할아버지에게는 아들이 셋 있었는데, 아버지가 막내였다. 큰아들은 공부를 시켜 교사가 되었고, 둘째아들은 곁에 두고자 하였으나 일주일 꼬박 마당에 무릎 꿇고 앉아 학교 가고 싶다 하는 통에 그럼 그래라 하고 나니 막내아들은 꼭 농사를 시켜야 했다. 아버지도 공부를 더 하고 싶었지만, 중학교를 마치자마자 할아버지의 불호령으로 꿈을 접어야 했다. 아무튼 그래서 제대하고 돌아온 스물대여섯 아버지가 집 안 농사를 다 맡아하게 되었으니, 아무리 젊은 나이라 해도 그 많은 전답을 혼자 관리하기는 쉽지 않았다. 그때는 웬만한 집은 다 일꾼을 두고 부렸다 하는데, 우리 집에도 일꾼이 와 머물렀다 한다.

그 일꾼(오래전이라 아버지도 이름은 잊었다 한다.) 나이가 열일곱 살이 될까 말까 했다는데, 용학이 아재네 집 일꾼으로 있다가 우리 집으로 왔다고 했다. 스무 살도 못 된 아이가 새벽부터 밤늦게까지 남의 집 일을 해주면서 지내는 것이 쉽진 않았을 것이다. 일 년 꼬박 일해 손에 쥐는 돈이라고 해야 얼마 안 되었을 것이다. 남의집살이라도 해야 어떻게든 먹고살 수 있는 형편이니, 불편한 잠자리며 험한 일을 견디고 있었을 것이다. 그 일꾼이 어느 날 엄마한테 그러더란다.

"아지메요, 내일이 지 생일입니더."

얼마나 망설이다 얘기했을까 싶어 안쓰러웠던 엄마는 부랴부랴 장에 나가 고등어도 사고, 귀한 고기도 끊어 왔다. 장에 나갔다 오면 반나절이 훌쩍 가버리는 1960년대였다. 지금처럼 슈퍼마켓이 집 앞에 있던 시절도 아니고, 반찬거리가 넘쳐나던 시절도 아니니 엄마로서는 크게 마음을 쓴 것이었다.

다음 날 아침, 엄마는 미역국을 끓이고 생선을 구워 귀한 일꾼의 생일상을 차려주었다. 아이는 맛있게 아침상을 받아먹었고, 엄마와 아버지가 둔덕밭에 일하러 가 있는 동안 다른 밭일을 하기로 하고 집에 남았다. 그런데 두 분이 일 마치고 돌아오니, 일꾼이 안 보이더란다. 아버지가 타고 다니던 자전거도 없고, 잘 말려 둔 고추 포대도 안 보였다고 했다. 현금으로 바로 바꿀 수 있는 고추를 챙겨 도망간 것이었다.

"옴마야! 우리 집에서도 생일이라 캐가 내가 한 상 차려줬다 아이가!"

일꾼 없어진 얘기를 했더니, 용학 아재네서 그러더란다. 그게 불과 몇 달 전이었으니, 어느 생일이 진짜 생일인지는 알 길이 없다.

"잡을라 카믄 잡을 수 있었지만서두 그놈아 잡아가 뭐할라꼬?"

오래전 일꾼 이야기를 물으니 아버지가 그러신다. 품삯이라도 알아서 챙겨 떠났으니 다행이라 해야 할까. 맨 처음 그 어린 일꾼 이야기를 들었을 땐 생일 두 번 챙겨 먹고 달아난 게으른 사기꾼 캐릭터를 떠올렸는데, 시간이 많이 지나 다시 생각하니 스물도 못 된 그 어린 일꾼의 고단했을 일상에 마음이 더 기운다. 내가 나이를 먹어서 그럴까. 내게 아이가 생겨서 그럴까.

그런데 너나없이 몸이 부서져라 일하는 삶이 과연 누구에게 이득이었을까. 지금에야 그는 질문을 던진다. 아들을 잃고 묻는다. 묻고 또 물으면서 알게 됐다. 자기 일에 책임을 다하는 사람이 되는 것보다 자기를 돌보고 지키는 사람이 되는 게 더 중요하다. 힘들면 회사는 가지 않아도 된다. 나를 지키는 게 먼저다. 교과서에도 안 나오고 근로계약서에도 없지만 꼭 명심하라고 다른 동준이들 한 명 한 명에게 붙잡고 말해 주고 싶은 마음이다.

_『알지 못하는 아이의 죽음』, 은유, 돌베개

육가공 공장에서 현장실습생으로 일하는 동안 선임에게 괴롭힘을 당하다 죽은 김동준 군 어머니 강석경 씨의 이야기를 담은 부분이다. 스물 남짓한 청춘들이 죽어가는 세상의 이야기를 읽다가 먼 옛날, 우리 집에 일꾼으로 있었다는 그 아이의 생일상이 떠올랐다. 아이는 먹어도 먹어도 계속 배가 고팠을 것이고, 고된 노동이 힘들었을 것이고, 엄마가 보고 싶었을 것이고, 마음이 몹시도 허했을 것이다. 같은 솥에서 나온 고봉밥을 먹어도 결코 가시지 않는 허기 때문에 힘들었을 것이다. 일하러 간 집마다 생일상을 차려달라 하고 힘들면 내빼버린 그 아이는 결코 세상에 호락호락 당하지 않고 잘 살아남았을 것만 같다.

옛날 어느 곳에 개구리 하나 살았네,
가난하나 마음 착한 개구리 하나 살았네.

하루는 이 개구리 쌀 한 말을 얻어 오려
벌 건너 형을 찾아 길을 나섰네.

1957년에 발간된 백석의 동화시집 『집게네 네 형제』에 실린 「개구리네 한솥밥」은 이렇게 시작한다. '가난하나 마음 착한'이 핵심인데, 형네 집에 가던 개구리는 소시랑게의 다친 발을 고쳐주고, 쇠똥구리를 구멍에서 건져 올리고, 하늘소를 풀대에서 놓아주고, 개똥벌레를 물에서 건져주느라 어두워진 뒤에야 형네 집에 도착할 수 있었다. 겨우 벼를 얻어 집으로 돌아오긴 하는데, 길이 어두워 자꾸만 넘어진다. 그러자 개똥벌레가 불을 밝혀주고, 하늘소가 짐을 대신 져주는가 하면, 쇠똥구리는 길을 터주고, 방아깨비는 쌀을 찧어준다. 모두가 서로를 도와준 덕에 동물들은 둘러앉아 한솥밥을 먹게 된다는 아름다운 이야기다.

지금 아이들은 이 이야기를 어떻게 볼까? 이 작품을 발굴해 낸 아동문학 평론가 원종찬은 "그들이 모두 한솥밥을 지어 먹는 장면에서는 절로 손뼉을 치게 된다."고 썼다. 과연 우리 아이들도 그러할까? 안타깝게도, 혼자만 따순 밥 먹고 살라고 가르치는 무한경쟁 시대에 통하는 정서일까, 하는 슬픈 생각을 먼저 하게 된다. 어린이의 눈에 비친 지금 세상이 이렇게 아름다울지는 모르겠으나, 분명한 것은 이런 세상이어야 모두가 행복할 수 있다는 사실이다. 그러니 세상이 어두울수록 이런 작품을 아이들에게 많이 읽혀야 한다.

백석의 시들이 유명하지만 그는 어린이를 위한 문학 작품 또한 많이 썼다. 남북이 갈라졌을 때 북한에 남는 것을 택하는 바람에 남한에서는 오래도록 그의 작품을 접하기 힘들었으나, 지금은 오히려 남쪽에서 더 사랑받는 작가가 되었다. 북을 선택했다고 남에서는 오래도록 작품을 읽지 못했던 백석이, 순수문학을 한다는 이유로 정작 북한에서는 거의 잊힌 작가가 되고 말았으니, 세상살이 참 모를 일이다.

일 년 가까이 '한솥밥'을 먹었으나 그 일꾼과 끝내 한 식구일 수 없었던 것은 어쩌면 당연한 일이다. 그러니 엄마도 아버지도 배신감 운운하지 않으시는 거다. 다만, 이 집 저 집 가서 생일이라고 뻥친 것만 괘씸하다 하시는 거겠지. 생일이나 되어야 제대로 거한 밥상을 받아볼 수 있었던, 일 년에 딱 한 번 자신을 위한 밥상을 받을 수 있었던 그 시절의 어린 일꾼들 모두가 지금은 날마다 생일상처럼 귀한 밥상을 삼시세끼 받고 있기를 바란다. 간절히.

▸ 개구리네 한솥밥

백석 글 / 강우근 그림 / 길벗어린이 / 2006년

노동의 맛,
짭짤하고도
시큼한

이현 동화
「짜장면 불어요!」

하루에 트럭 몇 대쯤 채워 내보내는 일은
아무렇지도 않게 느껴질 때쯤 농활은 끝이 났다.
일하다 말고 배달 온 짜장면 한 그릇의 맛을
지금도 잊을 수 없다.
고된 노동 끝에 먹는 짜장면 한 그릇,
그 가치를 알게 해준 고마운 시간이었다.

대학 1학년 여름방학, 농촌 활동을 가기 전 한 달 동안 시내 음식점에서 아르바이트를 했다. 전주비빔밥으로 유명한 곳이었는데, 불고기와 찌개 종류 몇 가지로 구색을 맞추었다. 내가 맡은 일은 홀 서빙이었다. 오전 열 시에 출근해서 점심 장사를 위해 홀과 테이블을 청소하고 수저를 정리하고 나면 열한 시가 조금 넘었다. 수저 정리는 제법 시간이 걸리긴 했지만 나름 재미도 있었다. 바스락거리는 종이 껍데기를 벌려, 살균기를 거친 뒤 깔끔하게 마른 수저를 싹 밀어 넣고 수저통에 가지런히 놓는 일은 즐거웠다. 역시, 나는 단순 작업이 체질이었어.

대학에 간 뒤 중학생 남자아이의 수학과 영어 과외를 두 달인가 했는데, 그때 과외란 것이 도저히 내가 할 수 있는 일이 아니라는 결론을 내렸다. 숙제를 안 한 건 기본, 묻는 말에 대답조차 없는 아이가 굳게 걸어 잠근 마음의 문을 열고 자근자

근 가르치는 재주가 내게는 없었다. 지금이라면 좀 다를지 모르겠지만 스무 살은 경험이 많이 부족한 나이였다. 그전에 일 년 정도 초등학생 아이의 공부를 봐준 적은 있지만, 그때는 놀아달란 아이를 책상에 앉히느라 힘들었던 것 말고는 그저 편하기만 한 과외였다. 과외를 포기하고 식당 아르바이트를 선택한 탓에 몸은 몇 배로 힘들고 돈도 절반밖에 못 벌었지만, 그래도 마음은 편하다 위안했다. 사장님도 기특하게 봐주셨다.

열한 시 반이 되면 점심 손님들이 몰려오기 때문에 그전에 잠깐 커피 한잔 하면서 숨을 골랐다. 첫 손님이 들어오면서부터는 정신이 없었다. 주문을 받고, 주방에 주문서를 넣고, 음식 나오기 전에 손님 테이블에 물이랑 밑반찬 놓고, 나오는 음식을 차례대로 내가야 했다. 순서가 헷갈리기도 하고, 테이블 번호를 틀리기도 하고, 할 수 있는 실수란 실수는 죄다 하면서 적응해나갔다. 다행히 뜨거운 음식을 손님에게 엎지르는 일 같은, 상상할 수 있는 최악의 실수는 하지 않았다. 한여름에도 비빔밥을, 그것도 굳이 돌솥 비빔밥을 주문하는 손님이 있어서 그걸 나를 땐 몇 배쯤 힘이 들었지만, 그것도 곧 익숙해졌다.

손님들이 파도처럼 덮치고 지나가면 그제야 일하는 사람들이 모여서 점심을 먹었다. 주방 아저씨가 끓여준 새우된장찌개 맛은 지금도 잊을 수 없다. 밥을 먹으면서 아저씨는 자기도 한식 자격증을 따서 식당을 차리는 게 꿈이라는 이야기를 몇 번이나 했다. 다른 사람들의 말을 들으니, 그저 말만 할 뿐 몇 년째 자격증 시험 책만 사들이고 있다고 했다. 그러나 아저씨는 기회가 있을 때마다 나에게 시험을 준비하고 있다고 했다. 자격증 없어도 아저씨의 음식은 참 맛있다고 말했지만 별 위로가 되진 않는 모양이었다.

"야야, 세상은 말이다. 그런 종이 쪼가리 하나 있는 거하고 없는 거하고 천지차이다. 니, 잊으면 안 된대이."

대학생이 이런 아르바이트를 하러 온 게 아무래도 마뜩지 않았던 모양이다. 아저씨가 해준 맛난 점심에는 비슷한 잔소리가 계속 곁들여졌다.

그렇게 한 달 꼬박 지각도 조퇴도 없이 성실히 일하고 드디어 월급을 받았다. 일주일에 두 번, 두 시간씩 하고 받던 과외비에 비하면 턱없는 액수지만 그래도 기뻤다. 진짜 어른이 된 것 같았다.

"개학할라믄 멀었는데, 좀 더 해주면 안 되겠나?"

사장님이 붙잡았지만 농활을 가야 했다. 농활 가서 한 노동은 도시의 밥집에서 하는 노동과는 차원이 달랐다. 참외 농사를 짓는 곳으로 가게 되었는데, 한낮 더위를 피해 끝없이 참외를 따고, 삼발이 수레로 참외를 옮기고, 그것들을 씻고 말렸다. 그러다가 한 번씩 고개를 들어 밭고랑 끝을 보노라면 아득하게 멀미가 났다. 처음 하는 일이니 제대로 할 리가 없었다. 살려두어야 하는 참외 꼭지를 떨어뜨리는 건 예사였고, 수레를 밀고 가다 쏟는 일도 다반사였다. 참외는 그래도 덜했지, 수박밭에서 수레를 쏟으면 정말 낭패였다. 쏟아지면서 깨진 수박은 일하던 사람들이 나눠 먹기도 했는데, 처음엔 달고 시원해서 좋아라 하던 우리도 나중에는 누가 실수라도 하면 "이걸 또 먹으라고?" 하며 화를 냈다. 듣기 좋은 노래도 한두 번이지, 하루 종일 부서진 수박을 파먹고 자꾸만 볼일 보러 들락거리는 일은 고역이 아닐 수 없었다. 그걸 보는 밭주인의 마음은 또 얼마나 쓰렸을까.

하루에 트럭 몇 대쯤 채워 내보내는 일은 아무렇지도 않게 느껴질 때쯤 농활은 끝이 났다. 막걸리를 양껏 마시고 쏟아지는 별을 쳐다보며 여행스케치의 노래 '별이 진다네'를 합창했던 그 시절 친구들이 그립다. 서툰 일손이라도 마다치 않고 받아준 농부들의 아량도 새삼 고맙다. 그리고 짜장면! 일하다 말고 배달 온 짜장면 한 그릇의 맛을 지금도 잊을 수 없다. 불어터진 면이어도 상관없었다. 고된 노동 끝에 먹는 짜장면 한 그릇, 그 가치를 알게 해준 고마운 시간이었다.

2학기가 시작되었다. 비빔밥집 사장님이 추석 연휴 때 5일만 일 좀 해달라고 연락을 했다. 닷새 일하는데 한 달 월급 절반을 준다 했다. 일이 엄청나게 힘들 거란 얘기였지만, 알겠다고 했다. 돈도 돈이지만 얼마나 답답했으면 나한테 전화를 다 했을까 싶은 생각이 든 거다. 큰집에 가봐야 "취업은 어데로 할 작정이고?" "고마 결혼이나 해라." 하나 마나 한 소리나 들을 게 뻔한 명절이니 반가운 제안이기도 했다.

예상대로 추석 연휴에는 손님이 엄청 많이 왔고, 시키는 음식들도 비빔밥보다 불고기를 곁들인 상이 많았다. 명절에 밖에서 사 먹는 사람들이 그렇게 많은 줄 그때 처음 알았다. 음식 나르는 횟수도 방학 때보다 훨씬 많았고, 그릇 하나하나의 무게도 엄청났다. 그런데 어찌 된 셈인지 아르바이트하는 사람은 나 혼자였다. 이 정도면 한 사람쯤 더 써야 할 것 같았는데 말이다. 그러니까 나에게 돈을 두 배로 준다는 사장님의 말에는 너 혼자 다 해야 한다는 말이 숨어 있었던 것이다.

점심 손님들이 몰려나가고 나서 기운이 없어 밥도 먹질 못했다. 배는 미치게 고픈데 입속이 모래밭이었다. 주방 아저씨는 "억지로라도 먹어라. 안 그러면 못 버틴다." 그러면서 내 밥그릇 위에 통통한 새우 한 마리를 올려주었다. 새우라면 환장하는 나였지만, 그 새우가 반갑지 않았다. 그저 두 다리 뻗고 잠만 자고 싶었다.

그렇게 사흘째 되는 날, 추석날 오후였다. 사장님 딸이 가게에 나왔다. 나랑 나이가 같은 재수생이었다.

"아빠, 나 옷 사러 가는데 돈 좀."

"조금 있으면 저녁 손님들 몰려오는데 좀 도와주고 가지?"

"아빠는 무슨 그런 말을 해?"

사장님은 돈 통을 열어 지폐를 세더니 딸에게 건네줬다. 한 장 두 장, 나도 모르게 지폐를 세는 사장님 손에 집중하고 말았다. 그리고 그 손에서 넘겨지는 지폐가 내 5일치 아르바이트 비용을 넘어서는 순간 고개를 돌렸다. 일하기로 약속한 5일이 지나고 돈 봉투를 받는데 왠지 전만큼 기쁘지 않았다.

"겨울방학 때도 와줄 거지?"

나는 끝내 대답하지 못했다.

그럼 그 짜장면이 어떤 음식이냐, 아니 어떤 존재냐 이거야. 너 한번 생각해 봐라. 따뜻하고 맛있는 짜장면 한 그릇으로 우울한 사람의 기분을 풀어 줄 수도 있고, 입맛을 잃은 사람의 기운을 북돋아 줄 수도 있다고.

_『짜장면 불어요!』, 창비

열일곱 살로 속이고 황금반점에 취직한 열네 살 용태는 열아홉 살 박기삼에게 양파 까는 법부터 배우기 시작했다. 당근 깎는 법도 배웠다. 감자 껍질도 벗겼다. 일하는 동안 기삼이가 혼자 일하는 엄마가 안쓰러워 이 일을 시작했다는 것과 짜장면의 날을 국경일로 정하는 게 꿈이라는 것도 알게 된다.

사람들은 교복 입고 떼지어 다니는 애들은 불량하게 안 보고 철가방 들고 다니는 애들 두엇이 함께 있으면 슬금슬금 피한다. 사람들이 짜장면 배달하는 이들을 업신여기는 걸 알지만 당장 기삼은 이 일이 즐겁다. 배달 오토바이를 타면 막 신난다. 빠라바라바라빰, 경쾌하다. 기삼이가 해주는 얘기를 용태는 넋을 잃고 듣는다. 그러다가도 대학엔 꼭 갈 거라고, 지금 비록 이렇게 중국집에 취직했지만 꼭 대학에 갈 거라고 소리를 높인다. 용태는 아빠가 공장에서 일하다 다치고 엄마도 몸이 안 좋으니 일을 하러 나선 거였는데, 음식 재료들을 준비하는 동안 끝없이 떠든 기삼 덕분에 본의 아닌 세상 공부를 하게 된다.

어떤 직업이든 편견과 선입견을 가져선 안 된다고 말하면서도, 자식이 짜장면 배달 일을 하는 어른이 되겠다고 하면 어느 부모가 말리지 않겠는가. 나도 한때는 떡볶이집 사장이 꿈인 날들이 있었다. 날마다 떡볶이를 먹을 수만 있다면 저절로 행복해질 것 같았다. 그런 얘기를 해도 어른들이 웃으며 머리 쓰다듬어주는 건 딱 초등학생까지다. 좋아하는 것을 하고 산다고 해서 행복이 옵션으로 따라오진 않는다는 것은 일찌감치 깨달을 수밖에 없었다.

아이들이 일찍부터 '노동'이란 말에 익숙해지면 좋겠다. 드라마에 나오는 잘나가는 직업이 아니라 보통 사람들의 보통 직업에 많이 노출되면서 자라면 좋겠다.

노동이 즐거우려면 그 노동의 결과물로부터 소외되지 않아야 한다. 그것이 기본이다. 내가 비빔밥집에서 일할 때, 메뉴 가운데 가장 비싼 불고기는 한 번도 먹어보질 못했다. 새우 한 마리가 들어간 된장찌개, 때로 설렁탕 한 그릇, 그것이 최대치였다. 손님들이 시키는 불고기를 먹으려면 그날 하루 일당을 다 써야 했다. 그렇게 힘들게 번 5일치 임금을 한순간에 옷값으로 써버리는 사장님 딸을 보면서 내가 느꼈던 쓴맛을 잊지 않으려 애썼다.

그렇게 힘들게 번 돈을 어디에 어떻게 썼는지는 도통 기억이 안 난다. 내가 먹고 입고 마시는 모든 것들이 아버지의 노동, 엄마의 노동으로부터 비롯되었음을 뼈저리게 알게 된 것만으로도 가치 있는 시간이었음은 분명하다.

▸ **짜장면 불어요!**

이현 글 / 윤정주 그림 / 창비 / 2006년

기억의 맛,
달콤하거나
쓥쓸하거나

이분희 동화
『한밤중 달빛 식당』

아버지를 고향으로 타임슬립 시키는 맛은
할머니의 고추장과 김치 맛이다.
맛있어서라기보다 그 시절, 공부하면서 오가던 길이
그리도 힘들어서 그랬을 것이다.

아버지가 요리를 하는 일은 아주 드물었다. 내가 뭔가를 기억하기 시작한 때에는 이미 큰언니가 부엌일을 곧잘 하고 있었기 때문에 아버지가 굳이 부엌에 들어가지 않았을 것이다. 1930년대에 태어나 경상도에서 자란, 보통의 남자 사람, 그것이 우리 아버지다. 그래도 아버지의 요리에 대한 추억이 전혀 없는 것은 아니다.

초등학교 2, 3학년 때쯤이었다. 어쩐 일인지 집에 아버지와 나만 남은 날이었다. 엄마가 시골 외갓집에 가셨던 날인지 어쩐지 기억은 나지 않는다. 아무리 뿌리 깊은 남아 선호 사상을 가진 집안에서 살아온 아버지라 해도 아홉 살짜리 막내딸에게 점심 대령하란 소리는 못 하셨던 모양이다. 부엌으로 간 아버지는 뚝딱, 땅뚱, 탁탁탁탁 같은 소리를 내며 한참을 나오질 않았다. 배고파 죽겠단 소리가 목구멍까지 차올랐을 때 아버지가 드디어 냄비를 들고 나왔다. 김치볶음밥이었다. 밥이랑 김치를 볶는 게 뭐 그렇게까지 오래 걸릴 일이었을까. 게다가 아버지는 중학생 때부터 읍내로 나가 자취한 경력까지 있는데 말이다.

"그때는 냄비에 밥해가, 그냥 고추장에 쓱쓱 비벼 먹거나 있는 김치 꺼내 먹는 게 다였지, 요리는 무슨 요리."

그러니까 그날 막내딸에게 김치볶음밥을 해준 것은 아버지에게도 엄청난 일이었다. 김치랑 밥은 대충 뒤섞였는데 희한하게 또 냄비 바닥은 잔뜩 눌었고, 기름기 흥건한(볶음밥이 타니까 뒤늦게 기름을 들이부은 것이었겠지) 그 김치볶음밥 한가운데 모양도 찬란한 달걀프라이가 떡하니 자리를 잡고 있었으니, 그야말로 아버지 일생일대의 진수성찬! 다행히 바닥이 눌어붙은 그 김치볶음밥이 내 취향에는 딱이었으니, 나와 아버지는 머리를 박고 열심히 밥을 득득 긁어먹었다. 밥숟가락에 붙은 마지막 한 알까지 맛나게. 그 뒤로는 아버지가 해주신 음식을 먹은 기억이 없다. 라면은 끓여주셨을 텐데, 그것도 기억나지 않는다. 아무튼 그 김치볶음밥이 있어서 어릴 적 한순간 아버지와 나만의 특별한 기억이 만들어졌다.

아버지는 중학생 때, 집에서 학교까지 걸어서 오갈 수 있는 거리가 아니어서 혼자 살기 시작했다. 가끔 고향 집에 들렀다 학교로 갈 때마다 아버지는 쌀 포대나 고추장이 담긴 독, 신문지로 겹겹이 싼 김치 그릇을 들고 갔다. 3년을 꼬박.

겨우 열 네다섯 살 중학생이 혼자서 밥해 먹고 학교에 오가는 일이 얼마나 고단했을까 생각하니 애잔하다. 아버지에게 요리는 무엇이었을까. 허기를 면하기 위해서가 아니라, 영혼을 채우기 위해 요리를 한다는 건 가당치 않았던 일이었겠다. 그래도 아버지는 고등학생이 되고 싶어서, 더 배우고 싶어서 그렇게 할아버지를 졸랐다는데 결국 고향 집에 주저앉고 말았다.

아버지가 국민학생(아버지가 다닌 것은 초등학교가 아니니 이렇게 쓰자) 때, 청송에서 경주까지 수학여행을 갔다고 했다. 집집마다 고추 30근을 내고 갔는데, 6학년 40명 중에 그 30근을 못 내서 수학여행을 못 간 아이들이 절반이라고 했다. 스무 집이 30근(18킬로그램이다. 고춧가루 1킬로그램이 요즘 얼마나 금값인지 생각하면 꽤 큰돈이다.)씩 낸 고추를 팔아서 트럭을 한 대 빌렸다. 면 소재지에는 차가 없어서 청송 읍내까지 가서 겨우 빌렸다. 아이들은 짐칸에 밧줄을 이리저리 메고, 그 짐칸에 앉아 떨어지지 않으려 애를 쓰며 경주까지 달렸다. 경주에서 이

틀 밤을 보냈는데, 걸어서 오른 토함산에서 본 석굴암이 그렇게 멋지더랬다. 석불을 보호하는 유리도 설치하기 전이니 오죽 아름다웠을까. 그 얘기를 듣는데 아버지가 엄청 부러웠다. 아무튼 그렇게 경주를 구경하다가 반월대 어디에선가 기차를 처음 봤단다. 아이들은 저희들끼리 단속을 했다.

"야야, 촌놈 표시 내지 마래이."

"야, 저 봐래이. 디게 길다."

"야, 티내지 마라 카이. 야, 근데 저기 몇 개고? 열 개, 열한 개? 우와."

"티내지 말라 카디만 지가 더한대이."

그러면서 기차가 몇 량이었는지 끝내 다 못 세보고 집으로 돌아왔다. 고추와 바꾼 사흘간의 여행은 70년 가까이 지났어도 아버지에게 생생하게 남아 있다.

맛은 추억이다. 맛은 현재의 나를 돌연 다른 시점으로 공간 이동하게 만든다. 귀로 듣는 음악이 그렇고 코로 맡는 향기가 그렇듯! 혀 또한 지금 그 위에 오른 것만 감각하는 것이 아니다. 우리 삶은 순간순간 시공간의 다른 차원과 층위를 경험할 수 있게 디자인되어 있다. 감관을 예민하게

> 열어놓기만 하면 그런 순간은 누구에게나 찾아온다. 신기하고 황홀한 일이다.
>
> _『외로운 사람끼리 배추적을 먹었다』, 김서령, 푸른역사

아버지를 고향으로 타임슬립 시키는 맛은 할머니의 고추장과 김치 맛이다. 맛있어서라기보다 그 시절, 공부하면서 오가던 길이 그리도 힘들어서 그랬을 것이다. 나이 드신 아버지는 가끔 젊은 날 동네에서 따를 자가 없었다던 당신의 달리기 실력을 이야기한다. 읍에서 체육대회라도 하면 무조건 1등이었다고 자랑스러워하시면서. 아버지를 그렇게 뛰게 한 힘은 무엇이었을까. 할아버지 곁에 남아 농사를 지어야 했던 막내아들의 울분이었을까. 뜀박질을 그렇게 잘하던 우리 아버지는 자식들을 공부시키려고 도시로 나왔다. 젊은 이장으로 인근 동리에 널리 추켜세워졌던 세월은 속절없이, 공원 관리인으로 하루하루 시간을 채우는 도시 사람이 되어갔다.

『한밤중 달빛 식당』은 돈이 없어도 음식을 사 먹을 수 있는 식당이다. 하얗게 질린 달이 하늘에 걸린 날, 맨발에 슬리퍼 차림으로 집을 나온 아이는 난데없이 나타난 식당에서 들리

는 보글보글 소리와 고소한 냄새에 끌려 문을 열고 들어선다. 음식을 먹고 돈 대신 나쁜 기억 한 개를 내면 되는 이상한 식당이다. 너무나 배가 고팠던 아이는 낮에 학교에서 5만 원짜리를 슬쩍 훔친 기억을 지불하고 음식을 먹었다. 다음 날에도 식당을 찾아간 아이에게 식당 주인 여우는 나쁜 기억 두 개를 요구했고, 아이는 그렇게 한다.

아이 옆에 있던 한 남자는 여우에게 죽은 아내의 기억을 가져가고 아내가 끓인 청국장과 똑같은 음식을 먹게 해달라고 했다. 남자는 그 뒤 영혼 없는 사람마냥 텅 빈 얼굴로 걸어갔다. 자신이 대가로 낸 기억이 뭔지도 잊은 채. 아이는 이상한 기분이 들어 묻는다. 나쁜 기억들이 없어지면 행복해져야 하는데, 어째서 저 아저씨는 그렇게 슬퍼 보이는 거냐고.

아이가 음식과 바꾼 기억은 작년에 돌아가신 엄마의 기억, 엄마와 나눈 마지막 말들이었다. 슬픈 기억이지만 나쁜 기억은 아니었는데, 아이가 그만 음식과 바꿔버린 것이다. 이후 아이는 여우에게 가서 기억을 돌려달라고 하고 '나쁜 기억 범벅 셰이크'를 마시면서 기억을 되찾는다.

이 책은 아이들의 마음이 궁금한 어른들이 아이들에게 이렇게라도 잊어버리고 싶은 나쁜 기억이 혹시 있는지, 있다면 무엇인지, 과연 나쁜 기억을 음식과 바꾸는 게 옳은 결정인지 같은 것을 물어보기에 딱 좋다. 어른이라면 아이들에게 나쁜 기억은 기억대로 소중하다는 걸 이야기해주고 싶을 텐데, 정작 아이들은 이런 가게가 있다면 지금까지의 기억들이랑 몽땅 다 바꿔도 상관없다고 이야기하기도 한다.

나쁜 기억을 가져가는 식당이 실제로 있다면 그 식당은 장사가 잘 될까? 아니면 곧 문을 닫고 말까? 그것은 어른들의 세계에 가까이 있는 식당인지, 아이들의 세계에 가까이 있는 식당인지에 따라 다를 것 같다.

▸ **한밤중 달빛 식당**

이분희 글 / 윤태규 그림 / 비룡소 / 2018년

삶의 맛,
오래도록 입가에 남은
다디단 맛

현덕 동화
「포도와 구슬」

어린 시절 탱탱하고 싱싱한 딸기와 포도는
맛보지 못했어도 마음은 결코 가난하지 않았던 건,
엄마 덕이었다. 입으로 퍼져나가던 잼 속에는
그렇게라도 훌쭉한 가계부와 늘 입이 궁금했던
아이들 사이에서 균형을 잡아보려던
엄마의 땀이 스며 있었던 것이다.

어렸을 때 과일을 먹은 기억이 별로 없다. 세끼 밥 챙겨 먹는 것도 버거운 시절이었으니 어쩌면 당연한 일이다. 배를 부르게 해주는 것도 아니고, 그저 먹는 동안 입이 즐거운 정도인 과일은 우리 집에서 사치품이었다. 시골에 계속 살았다면 수박이며 참외며 내다 팔고 남은 것들을 넘치게 먹었을 테고 가을이면 내내 감홍시가 넘쳤을 테지만, 도시로 나오면서 그 모든 풍요들은 지난 일이 되었다.

그런 우리 집에도 과일 냄새로 흥건해지던 때가 두 번은 있었으니, 딸기가 마구 쏟아지던 늦봄에서 초여름, 그리고 포도가 땡글땡글 익어가던 늦여름 무렵이다. 지금이야 하우스 농사가 흔해 딸기 제철이 그만 겨울이 되었지만, 내가 어렸을 땐 노지 딸기밖에 없었다.

청송에 살 때는 먹어봐야 맛도 하나 없는 뱀딸기가 아니면 반짝반짝 빛나는 알갱이들이 참 이쁘지만 아무리 먹어도 간에 기별도 안 가게 작았던 산딸기가 고작이었다. 와, 이게 딸기구나! 도시에 나와 처음 딸기를 봤을 때 무척이나 놀랐다. 이렇게 알이 크고 향이 진하고, 예쁜데다 심지어 깎아 먹지 않아도 되는 과일이 다 있구나.

엄마는 대개 떨이로 싸게 파는 걸 잔뜩 사 오는 편이어서, 바구니 속 딸기 중에 멀쩡한 걸 찾기가 더 힘든 수준이었지만 맛있기만 했다. 제철 딸기는 한번 무르기 시작하면 상품에서 쓰레기가 되는 건 순식간이었다. 엄마는 그때를 기다렸다 쓰레기가 되기 직전의 과일을 싼값에 사 날랐다.

그러고는 하루 종일 불 앞에 서서 잼을 만들었다. 엄마가 커다란 솥에 설탕과 딸기를 왕창 넣고 잼을 만드는 날은 잔칫날이었다. 잼이 눋지 않게 하려면 커다란 나무주걱으로 계속해서 저어야 했다. 달콤한 냄새가 집 안에 가득 찼다. 그런 날은 친구들이 놀자고 불러도 "나 바빠!" 했다. 물론 내가 바쁠 일은 없었다. 아무리 졸라도 엄마는 내게 나무주걱을 넘기지 않았고, 불 근처에도 못 오게 했으니까. 그래도 어린 나는 한사코 엄마가 잼을 젓는 모습을 지켜봤다. 엄마가 점도를 확인하려고 주걱에 잼을 올려 손가락으로 맛볼 때마다 쪼그리고 앉아 있던 나는 벌떡 일어났다. "이제 다 됐나?" 그러면 엄마는 잼을 찍어 내 입에 넣어주었다. 아, 그 달콤함이라니.

맞춤하게 졸여진 딸기잼이 주걱에서 뚝뚝 끈적하게 흘러내리면 불을 끄고 솥을 식혔다. 유리병을 비롯해 잼을 담을 수 있는 통이란 통은 다 나왔다. 엄마가 솥에 있던 잼을 옮겨 담는 동안 나는 슈퍼마켓으로 출동했다. 잼을 발라 먹을 식빵을 사러 가는 것이었다! 빵 봉지를 들고 초조하게 서 있는 나에게 엄마는 상을 내렸으니, 솥 바닥에 남은 딸기잼을 식빵으로 쓱 닦아 내게 주었다. 채 식지 않은 따끈한 딸기잼이 식빵에 촉촉하게 스며들어 그 맛이 가히 환상적이었다. 아, 이런 게 천국의 맛일 거야. 어린 나는 그 식빵 한 조각을 아끼고 아껴 먹었고, 그날 저녁 우리 식구들은 둥근 밥상에 빙 둘러앉아 딸기잼 바른 식빵 한 봉지를 말끔히 비웠다.

포도가 익는 계절이 오면 그 과정은 또 한 번 반복됐는데, 씨가 씹히는 탓에 딸기잼이 한결 더 인기였음은 물론이다. 방부제도 넣지 않고 대량으로 생산된 그 시절 포도잼, 딸기잼은 냉장고에서 며칠 머물다 식구들 배 속으로 사라졌다. 생각해보면 그 엄청난 양의 딸기와 포도를 시장에서부터 머리에 이고 지고(요즘은 흔하고 흔한 수레가 그때는 없었다.) 와 하루 종일 불

앞에 서 있었던 엄마에게는 굉장한 노동이었겠다. 신나서 까부는 막내딸을 보면서 한숨도 났겠지. 그래도 식구들이 잘 먹으니 때가 되면 또 시장에 가서 "마, 이거는 다 상했네. 더 깎아주소." 하면서 흥정을 하곤 했겠지. 어린 시절 탱탱하고 싱싱한 딸기와 포도는 맛보지 못했어도 마음은 결코 가난하지 않았던 건, 엄마 덕이었다. 달콤하게 입으로 퍼져나가던 잼 속에는 그렇게라도 홀쭉한 가계부와 늘 입이 궁금했던 아이들 사이에서 균형을 잡아보려던 엄마의 땀이 스며 있었던 것이다.

> 기동이는 포도 한 송이를 가졌습니다. 노마는 유리구슬을 여러 개 가졌습니다. 기동이는 얼마나 맛있는 포도인가를 보이기 위하여 노마 앞에서 한 알씩 따서 한참씩 눈 위에 쳐들어 보다가는 먹습니다. 노마는 얼마나 가지고 놀기 좋은 구슬인가를 보이기 위하여 기동이 앞에서 한 알씩 구슬을 땅바닥에 굴립니다.
>
> _「포도와 구슬」, 창비

현덕이 1938년에 발표한 동화 「포도와 구슬」은 그의 단편동화집 『너하고 안 놀아』에 들어 있는 작품이다. 좀 사는 집

아이 기동이, 가난한 집 노마, 고만고만한 똘똘이와 영이가 반복해서 나온다. 기동이는 아이들 앞에서 자기가 가진 걸로 뻐기고, 아이들은 부러워한다.

먹고살기 힘든 게 나 어렸을 때보다 더하면 더했지 덜하지는 않았을 시절이다. 그나마 좀 형편이 나은 기동이 같은 아이들은 골목에서 힘깨나 쓰면서 지냈다. 그런 기동이가 알알이 탐스러운 포도 한 송이를 들고 나와 노마를 약올린다. 노마는 포도가 먹고 싶어 구슬이랑 포도를 바꾸자 한다. 기동이가 싫다고 하자 노마는 "그까짓 먹는 게 존가. 가지고 노는 구슬이 좋지." 하고 짐짓 아무렇지 않은 척 구슬을 가지고 논다.

그러나 아이는 아이다. 맛있게 포도를 먹는 기동이한테 다시 말한다. 구슬 다섯 개랑 포도랑 바꾸자고. 기동이는 요지부동이다. 그러다 포도알이 달랑 한 알 남자 기동이가 그런다.

"너 이것하구 바꿀까?"

참 얄밉다. 노마가 싫다고 하자, "그까짓 가지고 노는 게 존가, 먹는 포도가 좋지." 한다. 그런 기동이 앞에서 노마는 닳지 않는 구슬로 재미나게, 한껏 신나게 놀아 보인다.

현덕의 동화가 가진 장점이 바로 이 지점에서 나온다. 아이들은 부러워하지만 그것 때문에 절망하지는 않는다. 기동이가 과자를 들고 나와 하나씩 나눠줄 때는 "나 하나만. 그럼 나 너구만 놀게."(「과자」, 1938년 발표) 하다가 기동이 과자 봉지가 빈 뒤에는 언제 그랬냐는 듯이 모른 척한다. 기동이 아버지가 사 왔다는 강아지를 부러워하지만, 그것 때문에 기동이의 부하가 되지는 않는다. 노마는 집에 가서 종이로 강아지를 만들어 진짜 강아지랑 노는 것보다 더 즐겁게 논다.(「강아지」, 1939년 발표)

현덕의 작품 속에서 아이들은 아이들답게 싸웠다 화해한다. 그러면서 건강하게 자란다. 기동이가 얄미운 행동을 많이 해도 '아이들이 다 그렇지 뭐.' 하는 마음이 되는 것은 가지지 못했다고 주눅 들지 않는 씩씩한 마음이 다른 아이들 속에 살아 있기 때문이다.

지금 아이들은 자기가 갖지 못한 닌텐도를 가진 옆집 친구를 부러워하고, 외국에서 살다 온 친구처럼 되고 싶어 한다. 세상이 변했으니 그 또한 받아들여야 하는 현실이다. 그럼에도 기동이가 끊임없이 노마와 똘똘이, 영이를 찾아다니면서 제가 가진 것을 나눠주고 같이 놀고 싶어 하는 그 마음을 아이들에게 계속해서 들려주면 좋겠다. 나 혼자 잘 살면 재미없다, 아무리 좋은 게 있어도 혼자 놀면 재미없다, 혼자 먹으면 맛없다, 나눠 먹어야 훨씬 맛있다, 하고 말이다.

우리 엄마도 그렇게 애써 만든 잼을 골목 친구들과 나눠 먹는 걸 뭐라 하진 않으셨다. 친구네서도 뭔가 별스러운 음식을 하게 되면 꼭 이웃과 나눠 먹었다. 집집마다 손맛이 다르니 같은 음식이라도 다 다른 맛이 났다. 요즘은 어떤 딸기잼을 사 먹어도 엄마가 만들어준 그때 그 잼과 비슷한 맛이 안 난다. 딸기 품종이 달라져서일까, 잼을 끓일 때 엄마의 땀이 들어가지 않아서일까. 알 수 없는 일이다.

그나저나 우리나라에 맨 처음 현대적인 포도 재배가 이뤄진 것이 1906년 뚝섬 원예모범장과 1908년 수원 권업모범장 설립 이후(충청북도농업기술원 포도연구소 설명)라 하는데, 1938년에 이미 기동이가 탐스러운 포도송이를 들고 골목을 누빈 것을 보면 포도 재배가 전국으로 확산된 속도가 꽤나 빨랐던 것 같다. 우리 농부들이 새삼 존경스럽다.

▸ 포도와 구슬

『너하고 안 놀아』 수록작

현덕 글 / 송진헌 그림 / 원종찬 엮음 / 창비 / 1995년(초판)

모자란 맛,
떫으면서도 달콤한

박완서 성장소설
『그 많던 싱아는 누가 다 먹었을까』

영혼을 위로하는 음식은 의외로
소박한 음식이기 쉽다. 그 음식이 무엇이든
순식간에 과거의 어느 곳인가로 돌아가게 한다면
말 그대로 '힐링푸드' 아니겠는가.

어릴 적 개구진 여자아이들에게 흔히 붙는 '선머슴애'라는 별명은 나에게도 곧잘 따라붙었다. 6학년 때 반 아이들이랑 연극을 하게 됐는데, 옛날 초가집이 배경이었다. 다른 모둠에서는 커다란 전지에 사립문을 그림으로 그려 넣는데, 나는 모둠 아이들을 몰고 뒷산 억새를 엄청 베 와서 진짜 울타리처럼 두르고 문을 달았다. 남자아이들에게 너는 요기에서 이만큼, 너는 저기에서 이만큼 베라고 시켰더랬다. 연필 깎는 칼로 군소리 없이 잘도 베던 아이들. 우리 모둠 아이들이 한아름씩 안고 나타난 풀더미를 본 선생님이 입을 쩍 벌리고 어찌 반응해야 좋을지 몰라 당황하셨던 기억이 생생하다.

여자아이들을 대표해서 남자아이들에게 결투장을 보낸 적도 있다. 아무래도 너희들을 그냥 두고 볼 수가 없다, 몇 월 며칠 몇 시에 학교 뒷산으로 나와라, 하고. 고무줄 끊고 도망가는 녀석, 갈래머리 당기고 도망가는 녀석, 괜히 뛰어와 등 때리고 도망가는 녀석, 일일이 호명하지 않고 남자아이들 다 나오라고 했다. 좋으면 잘해주면 되지 왜 그렇게 괴롭혔나 모르겠다. 뭔가 주먹다짐이라도 벌어지려나 하고 결연한 표정으로 나왔던 남자아이들에게 여자아이들이 이런 것 때문에 힘들다고 토로했고, 앞으로 하지 않겠다는 다짐을 받은 뒤 학교 앞 분식집에서 떡볶이 먹고 헤어졌다. 한 반에 스물세 명인가 그랬는데, 온 반 애들 다 몰려와 떡볶이를 먹었으니, 거기에선 뭔 일인가 했을 것이다.

분식집 떡볶이, 지금 생각하면 말도 안 되는 방법으로 먹었다. 백 원어치를 달라고 하면 작은 접시에 덜어주신다. 자기 접시에서 포크로 찍은 떡볶이를 한 입 베어 문 뒤, 남은 조각을 떡볶이가 끓고 있는 큰 냄비에 휘저어 양념을 더 묻혀 먹었다. 주인 아줌마는 그걸 보고도 말리질 않았다. 새로 주문을 받으면 그렇게 이 사람 저 사람이 먹던 떡볶이를 휘저은 떡볶이 냄비에서 또 한 그릇 덜어내 팔던 시절. 그때 그 떡볶이가 그렇게나 맛있었던 건 내 침, 네 침 다 뒤섞인 덕분이었던 모양이다.

핫도그는 또 얼마나 맛있었는지. 핫도그 하나가 오십 원이었던 시절, 십 원짜리 다섯 개를 모으려면 엄청난 시간이 필요한 처지였던 터라 그 안에 든 소시지가 그렇게 소중했더랬다. 어른이 되어 핫도그를 백 개쯤 사 먹을 수 있는 돈을 벌게 되었을 때도 그 핫도그처럼 맛있는 건 먹어보지 못했다. 그때 그 시절이 아니었으면 맛볼 수 없었을 결핍의 맛.

친구 집에도 참 신나게 놀러 다녔다. 가족이 많은 나와 달리 외동인 친구 집에 갔다가 깜짝 놀란 적이 있다. 만화책만 꽂아둔 책장이 따로 있었던 것이다! 집에 만화책이 그렇게 많다니, 나로서는 상상도 할 수 없는 일이었다. 그 친구의 책장에 달라붙어 시간 가는 줄 모르고 만화책을 보고 친구 엄마가 챙겨주시는 간식을 먹으면서 '와, 얘는 진짜 소공녀쯤 되나 보다.' 하고 속으로 감탄했다.

시골 살던 아이가 도시 아파트의 살림살이를 구경하고 놀란 두 번째 날은 쌍둥이 친구들의 생일 초대를 받아 갔던 날. 생전 처음 보는 음식들이 차려져 있었다(그렇게 커다란 케이크는 실제로 처음 봤다.) 알록달록 알사탕에 신기한 과자들, 놀랍게 맛있었던 과일주스 같은 것들이 잔뜩 있었지만 마음껏 먹지 못했다. 생일 초대 받은 것이 처음이라 선물도 제대로 못 챙겨 간 것이 그제야 마음에 걸린 것이다. 다른 아이들이 들고 온 엄청난 부피(뿐만 아니라 내용물도 내가 문방구에서 대충 사 간 조잡한 것과는 비교가 안 되는)의 선물들을 보고서야 내가 있는 곳이 어디인지 가늠이 되었고, 갑자기 배가 아프다고 둘러대곤 집으로 와버렸다. 그리고 그다음부터는 생일 초대에는 아예 응하질 않았다.

그 시절, 주말이면 슈퍼에 가서 '쇠고기라면'을 샀다. 주말 점심마다 라면을 끓여 먹었기 때문인데, 요즘처럼 집에 라면을 쟁여놓는 건 생각도 할 수 없었으므로 필요할 때 가서 사 왔다. 빨간 봉지 안에 면이 다섯 개 들어 있었던 그 라면은 엄마랑 아버지, 그리고 오빠 둘, 언니 둘, 막내인 나까지, 식욕 왕성한 아이만 다섯인 일곱 가족 한 끼로는 부족한 양이었다. 두 봉지 사서 좀 넉넉하게 끓여 먹으면 좋으련만, 엄마 사전에는 있을 수 없는 일이었다.

모자라는 양은 국수로 채웠는데, 꼬들꼬들한 라면 가닥 사이에 섞여 있는 매끈한 국수 면발은 당연히 인기가 없었다. 엄마가 한 그릇씩 떠주는데, 어찌된 셈인지 내 그릇에만 국수가 가득해 보였다. 막둥이에게 라면보다 덜 해로워 보이는 국수를 많이 먹이려는 엄마의 깊은 뜻이었으려나. 공업용 소기름으로 라면을 튀긴다는 우지 파동이 있고 나서 우리의 주말 식단이 바뀌기 전까지 주야장천 그 국수라면을 먹었다. 그 시절의 나에게 누가 소원을 묻는다면, "국수 안 섞인 라면 먹는 거요!"라고 대답했을 것이다. 어린 나에게 그런 걸 물어보는 사람은 아무도 없었지만.

부곡하와이에 놀러 간다는 이모네를 따라가지 못한 것은 지금도 한스럽다. 지금으로 치면 에버랜드쯤 되는 핫한 곳이었다. 이모는 엄마에게 아무 걱정 말고 애만 보내라고 했지만, 어디 그게 그렇게 쉽게 먹어지는 마음이던가. 나한테는 수영복도 없고, 언니도 아니고 동생네에 딸려 보내는 게 엄마는 아무래도 신경이 쓰이셨겠지. 엄마보다는 아버지가 더 완강하게 안 된다고 하셨던 걸 보면, 이제야 이해되는 점이 없지도 않다. 그러나 어렸던 나는 거길 안 보내준다고 골이 나서, 외갓집에 갈 때까지 내내 부루퉁한 얼굴로 시위를 했다. 이름도 웃긴 부곡하와이. 나중에 커서 그 유명한 수안보에 갔다가 '애걔, 이 정도 가지고 어른들은 그렇게 수안보, 수안보 했던 거였어?' 싶은 적이 있었는데, 부곡하와이 또한 별반 다르지 않았을 것이다.

그래도 학교 가서 놀고, 집에 와서 놀고, 내내 놀기만 했던 초등학교 시절은 대체로 행복했다. 학교 문이 열리는 날마다 그 앞에 무지개 파라솔을 펴놓았던 뽑기 아저씨가 생각난다. 노랗고 걸쭉하고 진득한 설탕 녹인 물을 평평하게 눌러서 별 모양, 나무 모양, 집 모양, 동물 모양 찍기 틀로 꾹 찍어주셨다(요즘은 '달고나'라고 한다는데, 내 또래들은 '뽑기'라고 해야 쉽게 알아듣는다.) 모양 그대로 뜯어내면 뽑기 하나를 더 얻거나 다른 상품을 얻을 수 있었다. 쉬워 보이는데도 나는 단 한 번도 성공하지 못했다. 그러고 보면 어렸을 때부터 내 손은 똥손이었나 싶다. 그 앞에 앉아 다른 친구가 성공하는 모습을 구경하는 것도 재미있었지만, 아저씨가 설탕 녹인 물을 탁 하고 내려놓는 마술 같은 순간은 몇 번을 봐도 지루하지 않았다.

옆 골목 친구네 가서 놀다가 무지개를 보겠다고 온 마당에 물을 뿌려대던 우리들을 보고, 친구 엄마가 "참 좋을 때다. 아무 걱정도 없이." 하며 진심으로 부러워해서 이상했던 기억이 있다. 흥, 어른들은 뭐든지 마음대로 다 하면서 왜 우리더러 좋다고 하는 거야! 싶었던 순간. 그런데 지나고 보니 알겠다. 지금 내 아이와 그 친구들이 노는 모습을 보면 나도 저절로 이 순간, 노는 것 하나에만 열중하는 그 순수한 시절이 마구 부러워지기 때문이다.

박완서의 성장소설 『그 많던 싱아는 누가 다 먹었을까』를 읽다가 별안간 나의 어린 시절로 되돌아갔다. "나의 성장 과정을 기억에 의지하여 쓴 소설로 그린 자화상"이라는 수식어가 붙어 있는 이 책은 개성에서 남서쪽으로 이십 리가량 떨어진 개풍군 청교면 박적골에서 태어난 아이가 행복한 유년을 보내다가 서울로 집을 옮기고, 해방을 맞고, 전쟁을 겪으며 살아가는 이야기다. 이 소설은 내용 자체도 다정하고 아름답지만, '줄느런히, 옥시글옥시글, 굽잡히고, 엉군, 반지빠른, 모갯돈' 같은 말들이 자연스레 쓰이는 문장이 무엇보다 좋다.

세 살에 아버지가 돌아가셨지만 그 자리를 할아버지가 넘치게 채워주셨고, 서울의 빈민가에 자리 잡고 살면서도 방학마다 돌아갈 고향이 있어서 슬프지 않았으며, 도서관에서 읽던 책을 다 못 읽고 집에 와야 하는 심정을 두고 "혼을 거기다 반 넘게 남겨 놓고 오는 것" 같다던 아이는 시간이 흘러 대학생이 되었다. 격변의 시대는 그런 주인공을 가만 놔두지 않고 마구 흔들어댔지만, 그래도 주인공의 마음속에 고향이 살아 있어서, 할아버지와 할머니가 중심을 잡고 있어서 뿌리까지 흔들리진 않았다.

나는 불현듯 싱아 생각이 났다. 우리 시골에선 싱아도 달개비만큼이나 흔한 풀이었다. 산기슭이나 길가 아무 데나 있었다. 그 줄기에는 마디가 있고, 찔레꽃 필 무렵 줄기가 가장 살이 오르고 연했다. 발그스름한 줄기를 꺾어서 겉껍질을 길이로 벗겨 내고 속살을 먹으면 새콤달콤했다. 입 안에 군침이 돌게 신맛이, 아카시아 꽃으로 상한 비위를 가라앉히는 데는 그만일 것 같았다.

나는 마치 상처난 몸에 붙일 약초를 찾는 짐승처럼 조급하고도 간절하게 산속을 찾아 헤맸지만 싱아는 한 포기도 없었다. 그 많던 싱아는 누가 다 먹었을까? 나는 하늘이 노래질 때까지 헛구역질을 하느라 그곳과 우리 고향 뒷동산을 헷갈리고 있었다.

_『그 많던 싱아는 누가 다 먹었을까』, 웅진주니어

누구에게나 가끔 옛 맛이 미치게 그리울 때가 있지 않을까. 엄마의 쑥버무리 맛을 잊지 못하는 내 촌스러운 입맛이 그렇고, 겨울 땅에 묻어둔 김장독에서 살얼음 낀 동치미 국물 한 번만 더 꺼내 먹어봤으면 소원이 없겠다는 이도 있다. 땡감을 따서 독에 넣고 끓인 물을 부어 삭혀 먹는 것으로 가을을 시작하고 싶다는 이도 있다. 그 맛을 잊지 못하는 것도 있겠지만, 그 음식과 함께했던 시간들이 몸에 새겨져 있기 때문일 것이다. 영혼을 위로하는 음식은 화려한 음식이 아니라 의외로 소박한 음식이기 쉽다. 그것이 싱아처럼 들판에 흔했던 풀일 수도 있고, 다시 찾아갈 수도 없는 외진 시골 어딘가에서 얻어먹은 갈치김치 한 보시기일 수도 있다. 그 음식이 무엇이든 순식간에 과거의 어느 곳인가로 돌아가게 한다면 말 그대로 '힐링푸드' 아니겠는가. 백 원짜리 떡볶이든, 오십 원짜리 핫도그든, 절대 성공 못 한 설탕 뽑기든 말이다. 문장으로 시간여행을 하게 만든다는 의미에서 박완서의 소설은 정말이지 힘이 세다. 굉장한 작품이다.

▸ 그 많던 싱아는 누가 다 먹었을까

박완서 / 웅진주니어 / 1992년(초판)

추억의 맛,
짱뚱이는 못 말려

신영식·오진희의
고향 만화 시리즈

만화 속 풍경은 아주 오래전 일상들이었는데도
어린이 독자들은 천방지축 짱뚱이를 사랑했다.
적어도 만화를 보는 동안은 그곳이 어디든지
따뜻하고 평화로웠다.

2020년 12월, 인터넷서점 '알라딘'에서 신일숙의 만화 『아르미안의 네 딸들』 레트로판 북펀딩이 시작됐다. 2021년 1월 출간을 위한 이 펀딩의 목표 금액은 삼백만 원이었다. 그런데 하루 만에 무려 오천만 원이 모였다. 구입한 사람들의 연령대를 보니 사십 대 여성이 압도적이었다. 웃음이 나왔다. 모두 거기서 잘 살아가고 있었군! 하는 마음이 들어서.

『아르미안의 네 딸들』은 1986년에 처음 출판된 작품으로, 아르미안이라는 전설 속 나라의 네 공주가 인간과 신의 세계를 오가며 운명을 극복해나가는 이야기를 담고 있다. 큰딸 마누아, 둘째 스와르다, 셋째 아스파샤, 그리고 막내 샤르휘나까지, 운명에 순응하거나 혹은 거슬렀던 네 자매의 이야기에 울고 웃었던 우리들. 보다가 얼마나 울었는지 눈이 퉁퉁 부어 학교에 가곤 했던 이들은 이제 중년이 되었고, 십육만 원 가까이 하는 책을 사기 위해 망설임 없이 지갑을 열었다.
그 즈음 페이스북 타임라인에는 이 만화를 비롯한 순정만화 이야기가 봇물처럼 쏟아지고 있었는데, 이영희 기자가 쓴 『안녕, 나의 순정』이 크게 한몫 했다. 이영희 기자는 그 책을 통해 황미나의 『굿바이 미스터 블랙』, 김혜린의 『불의 검』, 박희정의 『호텔 아프리카』, 강경옥의 『별빛속에』, 천계영의 『오디션』을 소환했다. 정말이지 제목만으로도 가슴 뛰게 만드는 작품들이다.

그렇게 거슬러 올라가 내가 만화를 언제 처음 보았나 생각해보니, 껌 한 통을 사면 거기에 들어 있었던 길쭉한 만화가 처음이었다. 아이들이 읽을 그림책이 흔하지 않던 그 시절, 조악한 껌 만화를 소중히 모으며 몇 번이고 읽었다. 내용은 조금도 기억나지 않는데, 만화를 모으겠다고 엄마에게 "껌 한 통만"을 수도 없이 외치며 졸랐던 것은 기억한다. 읽을거리 자체가 부족했던 시절이기도 했지만 '만화'라는 장르가 주는 힘이 그렇게 컸다는 반증이기도 하다.

조금 더 커서는 우리 집 옆 골목에 생긴 만화방을 참새가 방앗간 드나들듯 들락거렸다. 어쩌다 집에 손님이 다녀가시고 내 손에도 용돈이란 것이 얼마간 쥐어지면 나는 바로 그곳으로 달려갔다. 동전 몇 개만 들고 가도 다른 세상의 이야기를 마음껏 만날 수 있던 마법 같은 곳. 볕이 안 들어 어두컴컴하고, 왠지 추웠던 그곳에서 풍기는 책의 냄새가 참 좋았다.

안타깝게도 나의 만화방 나들이는 오래가지 못했다. 내가 만화방에 들어서는 날 하필이면 엄마가 동네 아줌마들과 그곳에서 모임을 했던 것이다. 날 발견한 엄마의 눈이 화들짝 커지는 것을 보고도 눈치 없이 거기 앉아 기어이 만화책 한 권을 다 읽은 이후로 출입 금지령이 내려지고 말았다.

학교 앞도 아니고 동네 골목에서 만화방이 잘 되기란 쉽지 않았다. 아랫동네에 제법 규모가 있는 만화방이 생기면서 우리 동네 만화방은 금세 문을 닫았다. 나는 학교 앞에 있는 만화방으로 자연스럽게 옮겼지만, 용돈이란 게 없던 시절이라 늘 만화가 고팠다. 그래서 직장인이 되고 나서 그렇게 만화 대여점엘 열심히 드나들었던 모양이다.

그러다 진짜 만화가를 만나게 되는 날이 왔다. 환경운동단체 '녹색연합'에서 펴내는 월간지 《작은것이 아름답다》를 만들던 이십 대 때의 일이다. 그때 잡지에 연재되던 글 중에 가장 인기가 있었던 것이 오진희 선생이 글을 쓰고 신영식 선생이 그림을 그린 짱뚱이 이야기였다. 만화가들은 마감을 지키지 않는 걸로 유명했는데, 신영식 선생이라고 예외는 아니었다. 잡지에 들어가는 다른 연재물과 기사들을 다 마감했지만 스무 페이지가 넘는 만화가 들어오질 않아 애를 태우다 기자들이 선생의 작업실까지 가서 기다리곤 했다. 때로는 원망하는 마음이 솟기도 했다. 어쨌거나 그렇게 힘들게 받은 만화 원고를 겨우 끼워 넣고 그 달의 잡지를 발행하고 나면, 일주일쯤 지나 독자들의 엽서가 도착하기 시작했다. 어른은 물론이고 아이들의 엽서도 꽤 왔는데, "짱뚱이 만화를 더 많이 넣어주세요." "짱뚱이를 만나보고 싶어요." "짱뚱이가 정말 좋아요!" 하는 엽서들을 받으면 만화가를 향한 원망 따위는 흔적도 없이 사라지고, 네네, 언제까지나 짱뚱이 이야기 들려주세요, 하는 마음이 되고는 했다.

짱뚱이는 교사인 아버지와 현명한 엄마, 다리가 불편한 여동생과 쌍둥이 남동생, 그리고 언니와 함께 살아가고 있는 시골 아이다. 조남이가 낳은 강아지 황토도 빠트릴 수 없는 식구다. 오진희 선생이 살았던 시골집, 그곳의 친구들, 그 시절 고향 풍경이 어찌나 세세하고 아름답게 펼쳐지는지 독자들은 곧잘 묻곤 했다. "짱뚱이 지금 어디 살아요?" 하고. 아이들은 이 만화가 어른이 된 짱뚱이가 어린 시절 이야기를 재구성한 이야기라는 것을 잊고, 지금 우리와 함께 살아가고 있는 친구라고 믿었다.

밤이며 호두를 따고, 메뚜기를 잡고, 비료 포대로 눈썰매를 만들어 타고, 방학책을 뜯어 연 만들어 날리는 짱뚱이를 한없이 부러워했다. 할머니가 사주는 알사탕, 어린 어부들이 둑을 막고 잡으려는 물고기, 꼬불꼬불 라면을 맛나게 먹는 장면들에서는 나도 모르게 군침이 돈다. 모든 이야기마다 자연스레 등장하는 먹을거리들을 하나하나 찾아내는 재미도 쏠쏠하다. 겨우내 까치들 먹으라고 남겨두는 까치밥, 새 한 알 나 한 알 벌레 한 알 먹으라고 심었던 콩 세 알은 모든 것이 부족했던 그 시절 오히려 우리가 지금보다 더 풍성하게 살았음을 확인하게 한다.

언제 가도 뚝딱, 놀랍도록 맛있는 한 상을 차려주시던 오진희 선생의 치유의 밥상은 만화와 『짱뚱이의 상추쌈 명상』에 고스란히 담겨 있었다. 밥상에 둥그렇게 둘러앉아 밥을 먹으며 도란도란 삶을 이어가던 만화 속 식구들 풍경은 현실 그대로였다.

만화 속 풍경은 아주 오래전 일상들이었는데도 어린이 독자들은 거부감 없이 받아들였고, 천방지축 짱뚱이를 사랑했다. 어른들은 어른들대로 "까치야 까치야, 헌 이 줄게 새 이 다오"를 부르며 반가워했다. 몸이 불편한 동생을 내치지 않고 함께 놀아주는 동네 아이들의 아량에 감동하고, 찰흙 놀이 뻰치기에 하루 해가 짧았던 그 시절을 그리워했다. 청민이, 길숙이, 그 시절 친구들의 이름을 부르며 함께 안타까워하고 흥부네처럼 올망졸망 다정하게 복닥이며 살아가는 짱뚱이네 식구들을 응원했다. 적어도 만화를 보는 동안은 그곳이 어디든지 따뜻하고 평화로웠다.

그렇게 《작은것이 아름답다》 독자들에게 사랑받던 만화를 모아 어린이책 출판사에서 단행본으로 출간했다. 그리고 짱뚱이 시리즈는 발행 부수가 무려 백만 부를 넘는 초대형 베스트셀러가 되었다. 덕분에 어려운 환경에서 작업하시던 두 선생이 강화도에 집을 사서 자리를 잡을 수 있었다. 그리고 신영식 선생은 술을 끊고 건강을 돌보기 시작했다.

두 분이 강화도에 이사 갔을 때, 작은 난로에 은행과 고구마를 구워 먹으며 함께 이야기하던 따뜻한 시간이 어제인 것만 같다. 아침 해가 거짓말처럼 동그랗게 떠오르는 장면이 거실에서 내다보이던 집에서 오래도록 행복할 줄 알았던 신영식 선생은 2006년 1월에 돌아가셨다.『짱뚱이네 집 똥황토』가 마지막 작품이 되었다.

팔린 것으로 치면『만화로 읽는 그리스 로마 신화』나『마법천자문』,『먼나라 이웃나라』 시리즈에 미치지 못할지 모른다. 그러나 어른도 아이도 좋아할 수 있는 만화, 읽고 나면 마음이 그득해지는 만화, 만화라는 장르가 어떤 긍정적 역할을 할 수 있는지 보여주는 만화, 따뜻하면서도 눈물이 고여오는 만화, 오래도록 곁에 두고 보고 싶은 만화로는 짱뚱이 시리즈를 꼽을 수밖에 없다.『검정 고무신』을 사랑하고『안녕 자두야』가 길게 이어지고 있는 것도 반갑고, 이희재의 작품 또한 좋아하지만, 내 가족의 작품처럼 사랑하는 것은 아무래도 짱뚱이뿐이다.

이제 신영식, 오진희 두 분 선생이 함께 작업한 새로운 짱뚱이를 만날 수 있는 길은 없다. "병으로 누워 있는 내내 짱뚱이 7권을 기다리는 친구들에게 책을 빨리 못 만들어줘서 미안"해했다는 작가 신영식. 어린이를 위한 만화에 충실했던 만화가 신영식의 부재가 아쉽고 아프다. 그래도 우리 곁에는 여섯 권의 짱뚱이가 있다. 또 짱뚱이 만화는 아니지만 동화 작가 오진희의 새로운 작품들을 만날 수 있는 것도 기쁘다.

만화라면 뭐든 좋아하는 어린이들에게 '○○에서 살아남기'나 '○○ 학습 만화' 같은 거 말고, 짱뚱이 같은 만화를 슬쩍 내밀어주시면 좋겠다. 만화다운 만화, 어린이들에게 걱정 없이 보여줄 수 있는 만화가 이렇게나 적었나 놀라지 말고, 이미 우리 옆에 있는 짱뚱이를 보여주자. 아이 혼자 보게 하지 말고, 엄마 아빠가 함께 보면서 이야기 나눠주시면 좋겠다. 순하고 평화로운 이야기들을 아이들이 얼마나 좋아하는지 새삼 놀라게 될 것이다.

▸ **신영식 · 오진희의 고향 만화 시리즈**

오진희 글 / 신영식 그림 / 주니어파랑새 / 1999년~2004년

① 짱뚱이의 나의 살던 고향은

② 짱뚱이의 우리는 이렇게 놀았어요

③ 짱뚱이의 보고 싶은 친구들

④ 짱뚱이의 우리 집은 흥부네 집

⑤ 짱뚱이의 내 동생은 거북이

⑥ 짱뚱이의 사랑하는 울 아빠

까칠한 맛,
인생의 묘미는
바로 거기에

김리리 동화
『만복이네 떡집』

때로 해수 같은 아이들에게 더 필요한 것은
마음속에 있는 말을 거르지 않고
그대로 쏟아낼 수 있게 도와주는 떡이다.
지금보다 더 용감해질 수 있게 돕는
자신만의 떡을 하나쯤 꼭 챙겨두고 살면 좋겠다.

2019년 한 해 동안, 초등학교 3학년 여자아이에게 한 달에 한 번씩 책을 읽어주러 다녔다. 내가 활동하던 어린이책 읽는 모임에서 행정복지센터의 도움을 받아 좋은 그림책이나 동화를 아이들에게 읽어주도록 연결해주었기 때문이다. 해수(가명)는 우리 집에서 차로 10분쯤 걸리는 구시가지에 살고 있었다. 개발이 정체된 곳이었고 해수네 집은 엘리베이터가 없는 6층 아파트의 5층이었다. 해수에게는 형제가 여럿이었는데, 동생들이 어려서 엄마 손이 여전히 필요한 탓에 해수에게 특별한 관심을 기울여줄 수 있는 상황이 아니었다.

해수의 방에 책은 꽤 많았지만, 오래전에 나온 전집이거나 학습 관련 책들뿐이었다. 빈틈없이 가지런히 꽂혀 있는 것으로 보아, 열심히 꺼내 보는 것 같지는 않았다. 요즘 나오는 일반 단행본들은 찾기 힘들었다. 해수에게 물어보니, 자기 소유의 책도 없다 했다. 해수네 집이 있는 5층까지 열심히 올라가 해수랑 상을 사이에 두고 앉아 책을 읽어주었다.

해수 엄마는 집이 너무 덥다고 미안해했고, 한여름이 가까워지자 도저히 안 되겠다며 장소를 해수네 할아버지 댁으로 옮기자 하셨다. 할아버지 댁은 해수네 아파트 맞은편에 있는 2층 주택이었는데, 1층에 족발집이 있어서 문을 열어놓으면 족발 삶는 냄새가 올라왔다. 그래서 해수를 생각하면 그 족발 냄새가 같이 떠오른다.

해수를 처음 만났을 때 읽어준 책은 『치킨 마스크, 그래도 난 내가 좋아』였다. 아이가 어떤 것에 관심이 많은지 알아보는 데 그만한 책이 없다. 해수는 많고 많은 마스크 중에 쓰면 공부를 잘하게 되는 올빼미 마스크를 첫손에 꼽았고, 똑똑한 햄스터 마스크를 두 번째로 꼽았다. 해수에게 가장 중요한 관심사가 무엇인지 알 수 있었다.

『내겐 드레스 백 벌이 있어』를 통해 친구들과 어떻게 지내는지 알 수 있었고(이름 가지고 놀리는 친구들이 있어 괴롭다는 이야기를 선뜻 내놓았다), 백희나 작가의 그림책 『나는 개다』와 『알사탕』, 『구름빵』, 『이상한 손님』을 함께 읽은 날에는 가지고 간 빈 천가방에 멋진 그림을 그리기도 했다. 백희나 작가의 그림책을 처음 보는데, 보고 나니 뭔가 막 그리고 싶다면서.

폭우를 뚫고 만난 날은 둘 다 물에 젖은 생쥐 꼴로 만나서 하하 웃었고, 판타지를 좋아한다 해서 골라 간 『책 먹는 여우』와 『진지한 씨와 유령 선생』, 『신호등 특공대』는 나도 해수도 참 신나게 즐겼다. 『산딸기 크림봉봉』을 읽어주면서는 해수가 논픽션 책이 얼마나 아름답고 유익한지 알기를 바랐다.

여름방학이라고 모두 산으로 바다로 떠나고 들떠 있는데 그런 현실과 해수의 일상은 닿아 있지 않았다. 친구들 만나서 노는 게 전부였던 방학 이야기를 애잔하게 들었다. 해수가 좀 더 당당하게 살았으면 하는 마음으로 『메리는 입고 싶은 옷을 입어요』, 『일어나요, 로자』, 『왜요?』와 『롤러 걸』을 읽어주었다. 앞으로 해수가 만나게 될 수많은 삶의 고비마다에서 책이 해수에게 힘을 줄 수 있다면 얼마나 좋을까?

그날그날 읽어준 그림책은 선물로 두고 왔다. 시간이 지날수록 해수네 책장에 꽂힌 책들이 조금씩 달라졌다. 똑같은 모양과 크기로 가지런하게 있던 전집 옆에 알록달록 크기가 다른 책들이 들쭉날쭉 꽂히기 시작했다. 보기 좋았다.

친구들이랑 도서관에도 자주 간다 했다. 『책 먹는 여우』처럼 재미난 책이 있으면 소개해달라고 적극적으로 말하기도 했다. 해수와 헤어질 무렵에는 앞서 선물한 책에 손때가 조금 묻어 있는 걸 발견했다. 버려지지 않고 사랑받고 있는 책으로 살고 있는 것 같아 기뻤다. 해수가 동생에게도 읽어주겠다고 약속했는데, 그러고 있는지는 물어보질 못했다.

한 달에 한 번 만나는 것으로 많은 것을 해낼 거란 기대는 하지 않았지만, 다행히 해수는 책을 좋아하는 아이였다. 또 그림 그리는 것을 좋아하는 아이였으며, 자기 마음을 드러내 이야기하는 것을 두려워하지 않는 아이였다. 다만 그런 경험이 많지 않아서인지, 날 만날 때마다 동그란 눈을 더 동그랗게 뜨고 어찌할 줄 모르는 얼굴이었던 것이 오래도록 마음에 남았다.

욕쟁이 만복이, 깡패 만복이, 심술쟁이 만복이라 불리는 아이가 있다. 마음은 그렇지 않은데 입만 열면 미운 말만 쏟아내서 그렇다. 친구들과 싸우느라 급식도 못 먹은 날, 골목 모퉁이에서 '만복이네 떡집'을 만나게 되는데, 바구니마다 이상한 안내문이 붙어 있다.

입에 척 들러붙어 말을 못 하게 되는 찹쌀떡

허파에 바람이 들어 비실비실 웃게 되는 바람떡

달콤한 말이 술술 나오는 꿀떡

재미있는 이야기가 몽글몽글 떠오르는 무지개떡

다른 사람 생각이 쑥덕쑥덕 들리는 쑥떡

눈송이처럼 마음이 하얘지는 백설기

오래오래 살게 되는 가래떡

_『만복이네 떡집』, 비룡소

찹쌀떡 값으로는 착한 일 한 개, 꿀떡 값으로는 아이들 웃음 아홉 개, 가래떡 값으로는 아이들 웃음 만 개란다. 착한 일 한 걸 겨우 생각해낸 만복이가 찹쌀떡 하나를 사 먹고는 하루 종일 기분이 좋다. 입이 달라붙어 말을 못 하니 친구들과 싸울 일이 없는 것이다.

만복이는 바람떡이 먹고 싶어 일부러 착한 일을 하고, 아이들의 웃음을 모아 꿀떡을 먹은 뒤론 더 많은 웃음을 모아 무지개떡까지 먹는다. 쑥떡을 먹고 상대방 마음을 알게 되니 더 이상 싸울 일이 없어졌다. 나쁜 기억을 대가로 음식을 내줬던 『한밤중 달빛 식당』의 식당과 달리 이 떡집은 착한 일과 웃음을 대가로 달라고 한다. 착한 일과 웃음은 화수분처럼 솟아나는 것이니 크게 어렵지도 않다. 큰 대가를 치러야 했던 디저트

가게 '달빛 식당'보다 이 떡집이 훨씬 마음이 편하다.

어린이들이 이 책을 좋아하는 까닭도 비슷할 것이다. 크리스마스가 다가오면 갑자기 아이들 모두 착하기 짝이 없는 어린이로 변신하는 것도 같은 맥락일 것이다. 모두의 마음속에는 선한 의지가 들어 있으니, 그것을 밖으로 꺼내도록 도와줄 작은 계기만 있다면 충분하겠구나, 생각하게 되는 책이다. 절망적인 상황이거나 친구나 선생님, 어른으로부터 이해받지 못한다 싶어 상처 입은 아이들은 누군가 자기 진심을 알아줄 거라 믿으며 안심하고, 앞으로 나아갈 수 있다.

『만복이네 떡집』을 읽어주고 나서 해수에게 물었다.

"해수는 어떤 떡이 제일 먹고 싶어?"

"무지개떡이요."

소극적인 아이로만 보였던 해수의 마음속에도 이런 바람이 있었구나 싶어 놀랐다.

"나는 이 떡집에 '싫으면 싫다고 할 수 있게 해주는 호박떡' 이런 거 있으면 좋겠어. 나는 늘 제대로 거절 못 하는 내가 불만이거든."

내가 먹고 싶은 떡 이야기라고 해주었지만, 사실은 해수가 그렇게 살아주었으면 싶어서 들려준 말이다.

비슷한 맥락에서, 『일어나요, 로자』를 읽어주었을 때, 해수에게 물어봤다.

"이런 상황이 오면 해수도 로자처럼 용감하게 '싫어요!' 할 수 있을까?"

물어보기 전에는 먼저 말하는 법이 없고, 마음을 먼저 꺼내 놓는 것을 어려워하는 것 같아 일부러 물어본 것이다. 해수의 대답은 "아니요, 못 할 것 같아요."였다. 그도 그럴 것이 해수는 내게 단 한 번도 "싫어요!"라고 말하는 법이 없었다. 보통의 아이들이라면 "싫어!" "미워!" "안 할 거야!" 같은 말을 잘도 쏟아내는데, 해수 같은 아이는 상대방이 싫은 제안을 해올 때 싫다고 말하는 게 보통 아이들보다 더 어렵다. 그러나 적어도 해수는 싫다고 표현하는 일이 얼마나 어려운지 알고 있다. 그래서 로자가 얼마나 대단한 사람인지 더 절절히 느낀다.

해수는 자기가 원하는 것보다는 상황에 맞춰 욕구를 조정하고, 자신의 마음보다는 다른 이의 시선으로 스스로를 판단해야 했을 것이다. 그래서 만날 때마다 강조했다.

"싫다고 말해야 할 때 '싫어!' 하고 마음껏 말할 수 있는 힘을 기르는 데 책만큼 좋은 무기는 없어!"

해수에게 책들을 건네주며 하고 싶었던 말은 이거 하나였다.

나쁜 말만 자꾸 내놓는 만복이의 입을 찰싹 붙여버리기도 하지만, 때로 해수 같은 아이들에게 더 필요한 것은 마음속에 있는 말을 거르지 않고 그대로 쏟아낼 수 있게 도와주는 떡이다. 액막이 수리취떡, 미끈미끈 송편, 향 좋은 국화떡, 고물 듬뿍 시루떡……. 무엇이든 좋다. 해수가 지금보다 더 용감해질 수 있게 돕는 자신만의 떡을 하나쯤 꼭 챙겨두고 살면 좋겠다.

▸ 만복이네 떡집

김리리 글 / 이승현 그림 / 비룡소 / 2010년

가난의 맛,
설거지 냄새를 아는 아이와 모르는 아이

전미화 그림책
『미영이』

뒤로 감춘 미영이의 손에서 맡아지는
설거지의 냄새는 가난의 냄새, 그것이었다.
아, 나는 결코 모를 일이다.
미영이가 어떤 마음으로
설거지하던 손을 뒤로 감췄는지 말이다.

몇 학년이었는지는 기억이 나지 않지만 중학생 때 같은 반 친구 영숙이의 초대를 받아 그 집에 놀러 간 적이 있다. 영숙이네 집은 들어가는 입구부터 대단했다. 그제껏 한번도 본 적 없는 규모였다.

"우리 집에 온 친구는 네가 처음이야."

영숙이는 수줍게 웃으며 내 손을 끌었다. 영숙이랑 놀다가 밥때가 되어 밥까지 먹게 되었다. 영숙이에게는 형제들도 아주 많았는데, 언니, 오빠는 물론이고 동생들도 엄청 많았다. 그렇게 영숙이네 식구들과 커다란 식당에 모여 밥을 먹는데, 그 수가 서른 명도 넘어 보였다. 아이들은 각자 자신의 몫으로 놓인 큰 접시에 밥과 반찬을 덜어 먹었다. 나는 그 광경이 무척이나 낯설었다. 지금 생각하면 설거지를 쉽게 하기 위해서였을 텐데, 국물 있는 반찬과 마른 반찬이 뒤섞여 곤란했던 기억이 있다. 어떻게 반응해야 할지 몰라 당황스러웠던, 보통의 집과는 많이 달랐던 영숙이의 집은 보육원이었다.

어른이 된 뒤에, 후원하던 아이를 만나러 대전의 보육원에 오가던 시절이 있었다. 그때도 아이들이 커다란 접시에 밥과 반찬을 한데 모아 먹던 모습을 봤다. 집에서는 비빔밥을 먹을 때 말고, 그렇게 밥과 반찬을 한 그릇에 먹는 일은 드물었다. 영숙이와 밥 먹는 내내 느껴졌던 위화감의 정체는 그것이었다.

그림책 『미영이』를 보다가 먼 기억 속에 묻혀 있던 영숙이 생각이 났다. 집까지 초대했던 걸 보면 나랑 꽤 친했던 모양인데, 어찌 된 셈인지 영숙이랑 함께 보낸 시간들은 하나도 기억나지 않고 딱 그날 일만 생각났다. 그 집에서 보낸 짧은 시간 이후, 영숙이와 나의 만남은 더 이상 없었다. 내가 영숙이를 피한 것인지 그저 자연스럽게 멀어진 것인지는 기억나지 않는다. 다만 영숙이가 보육원에 산다는 걸 모른 채 따라갔던 나는 내 마음에 이는 감정을 솔직하게 전하지 못했던 것 같다. 몰랐다고, 너 정말 힘들었겠다고, 솔직하게 보여줘서 고맙다고 말했다면 좋았겠지만 그러지 못했다. 놀란 척하지 않으려고 애쓰다 제풀에 지쳐버렸던 것 같다. 영숙이의 상황을 제대로 받아들일 수 있을 만큼 성숙하지 못했다.

미안, 영숙아. 그때 내가 좀 더 어른다웠더라면 좋았을 거야. 뒤늦게 전하는 사과의 마음을 받아줄 수 있을까?

"좋은 밥그릇에 밥을 먹으면 복이 온대요."

아이의 돌 선물 중에 밥그릇이 있었다. 누군가의 집을 방문했을 때 음료수를 도자기 컵이 아니라 종이컵에 주거나 하면 서운한 느낌이 든다고 하던 그림 작가였다. 집에서 밥을 줄 때 아이에게 식판이 아닌 예쁜 그릇에 밥을 담아주면 좋겠다고 이야기하던 분이었다. 그런 마음으로 꽤 이름 있는 도예가의 그릇을 선물한 것이다. 아이의 밥을 풀 때마다 그분의 마음이 떠올랐다. 귀하게 쓴다고 썼지만, 몇 년 만엔가 그릇이 깨지고 말았다. 그것도 금이 간 정도가 아니라 식탁 밑으로 떨어지면서 와장창 부서진 것이라 고칠 길도 없었다. 하지만 그 귀한 그릇에 밥을 담아 아이를 먹이는 동안 내내 기분이 좋았다.

어느 날 누군가 찾아왔다.

엄마라고 했다.

나도 모르게 설거지하던 손을 뒤로 감췄다.

그림책 『미영이』의 주인공 미영이는 엄마와 헤어져 지내는 아이다. 일을 해야 했던 엄마는 어딘가(친척집인지 위탁가정인지 분명치 않다)에 아이를 맡기고 떠났다. 엄마가 자신을 버린 건지 잊어버린 건지 몰라 걱정하며 외롭고 고달픈 날을 보내던 미영이는 어느 날 돌아온 엄마를 보자마자 손을 뒤로 감춘다. 자신이 이 집에 머무는 동안 행복하지 않았다는 것을 보이고 싶지 않아서, 엄마 마음을 아프게 하고 싶지 않아서였다고 나는 짐작했다.

그러나 모를 일이다. 미영이는 어쩌면 설거지를 하는 자신이 부끄러웠을지도 모르겠다. 그저 엄마 옆에 가도 좋을 만큼 깨끗하고 단정한 모습으로 있고 싶었던 걸지도 모른다. 입양할 아이를 찾으러 보육원에 오는 미래의 엄마, 아빠들에게 그 아이들이 그랬던 것처럼.

아, 나는 결코 모를 일이다. 미영이가 어떤 마음으로 설거지하던 손을 뒤로 감췄는지 말이다. 요리를 하는 중이었다면, 음식을 만드는 중이었다면 그렇게 손을 숨기진 않았을 것 같다. 누군가를 위해 상을 차리는 행위 뒤에는 반드시 필요한 허드렛일, 설거지가 존재한다. 그러나 그 일은 아무나 할 수 있는 일이라 여기기 때문에 고귀한 노동의 자리에 서지 못한다.

요리를 한다는 건, 음식을 장만한다는 건 결국 치우는 일로 이어진다. 간혹 요리를 처음 배우는 남자들이 저지르는 만행이 거기에서 비롯된다. 음식 한 가지 만들면서 온 부엌을 재난 상황으로 만들어놓고, 이렇게 중요한 일을 했으니 나머지는 네가 다 치워라 하는 눈빛으로 아내를 바라보는 장면, 익숙할 것이다. 만드는 것보다 더 중요한 일은 바로 치우는 일이라는 걸, 본격적으로 주부가 되고 처음 알았다. 그 일의 중요함을 배우기 전에 이미 부끄러운 노동이라는 자각을 먼저 해버린, 뒤로 감춘 미영이의 손에서 맡아지는 설거지의 냄새는 가난의 냄새, 그것이었다. 슬프게도, 엄마에게 나는 설거지 냄새는 미영이를 안심하게 했을지도 모르겠다.

> 엄마 손은 차갑고 단단했다.
>
> 엄마한테 설거지 냄새가 났다.

아이는 엄마의 손을 잡고 함께 떠난다. 『괭이부리말 아이들』과 『종이밥』을 통해 가난한 아이들의 이야기를 아프게 다루었던 김중미 작가를 만나러 인천의 만석동에 가서 하루를 보내고 올 기회가 있었다. 수많은 삼촌, 이모 틈에서 신나게 놀고 있는 공부방 아이들이 내뿜는 에너지에 말 그대로 압도당했다. 김중미 작가 혼자서는 못 하는 일이지만, 여럿이 나누어 했기에 가능한 일이었으리라 생각했다. 이 땅의 미영이와 영숙이를 보듬는 일은 혼자서는 할 수 없는 일이다. 가난이 그저 한 사람의 노력으로 해결될 수 있는 일이었으면 '기차길옆 공부방'을 일구어나가는 일이 그렇게 힘겨웠을 리 없다. 혼자 해결할 수 없는 일이어서 공동체를 꾸렸고, 그 공동체를 통해 가난한 아이들의 오늘을 따뜻하게 보듬어나가려 애썼다.

> 미국인의 절반 이상이 제3세계 수준의 삶을 산다는 것, 게다가 생존과 생명 문제가 걸려 있는 상황에서 이들을 지켜줄 공공의료 시스템이 없다는 걸 지금 적나라하게 보여주고 있습니다.
>
> _『코로나 사피엔스』, 김누리 외, 인플루엔셜

경제 대국 미국이 겪고 있는 불평등 문제, 가난의 문제는 이미 심각하다. 『힐빌리의 노래』에 드러난 백인 가정의 몰락과 빈곤의 세습은 그들, 가난한 이들의 피부색이 검었을 때는 별로 충격을 받지 않았던 이들에게 엄청난 충격을 주었다. 백인 빈민들이 트럼프 같은 과격한 보수주의자를 대통령으로 만들었다. 경제 규모 1등국의 현실이 이러할진대, 지금 우리 아이들이 겪고 있는 가난의 민낯은 더 깊고 어두울 수밖에 없다. 아이들이 어른 없는 집에서 라면을 끓여 먹으려다 화상을 입고 죽는 일이 지금도 버젓이 일어난다. 가난한 사람은 존재할 수밖에 없다. 그렇다고 그 조건이 아이들의 꿈을 빼앗거나, 생명을 앗아가도 좋다는 명분이 되어서는 안 된다.

엄마를 따라간 미영이가 오늘, 행복하기를 바란다. 그때 그 아이 영숙이가 지금, 어디에서 무엇이 되어 살아가고 있더라도 상처받지 않는 나날들을 보내고 있기를 바란다. 나는 그러지 못했지만, 지금 아이들은 책을 통해 다른 아이의 처지를 좀 더 잘 받아들이는 아이들로 성장해갔으면 좋겠다. 어려워도 조금씩.

▸ 미영이
전미화 글·그림 / 문학과지성사 / 2015년

결핍의 맛,

그러나 마음까지
가난할 수는 없었던 날들

고정욱 동화집
『가방 들어주는 아이』

자신과 다른 것을 문제 삼지 않는 여리고 고운
마음들이 있어서 상처받지 않고 살아왔다.
마음까지 가난해지지 않을 수 있었던 것은
다 그 친구들 덕분이다.

국민학교(초등학교라 바뀐 지 오래지만 내가 다닐 때 이름으로 써야 현실감이 느껴진다.) 2학년 때 이사를 갔다. 원래 살던 동네는 대구 주변 시골에서 온 이농민들이 자리 잡은 곳이었는데, 새로 이사한 곳은 신축 아파트에 젊은 부부가 많이 입주한 동네였다. '대구 8학군'이라 불리는 학교들로 배정받기 쉽고 교통도 좋은데다 작은 뒷산도 품고 있는 아늑한 동네였다. 그 동네에 새로 생긴 학교로 전학을 가게 되었다.

전에 다니던 학교는 한 반에 예순 명이 넘는 것도 모자라 오전, 오후반으로 2부제 수업까지 하던 곳이었다. 그러나 새 학교는 한 반에 마흔 명도 되지 않은 깨끗한 곳이었다. 안 그래도 촌스러운 아이였던 나는 깔끔하고 단정한 아이들 사이에서 적응하는 데 애를 먹었다. 게다가 우리 집은 신축 아파트가 아니라 그 옆에 있는 오래되고 낡은 연립주택이었다.

한때 '레거지'라는 말이 떠돌았다. '레미안 거지'의 준말이다. 좋은 위치에 아파트를 새로 지으면서 차상위계층 등 입주 자격이 되는 이들에게 시세보다 훨씬 싸고 좋은 조건으로 아파트 일부를 임대해주는 정책이 시행되었고, 그 혜택을 입은 이들을 두고 비싼 값에 그 아파트에 입주한 이들이 자신들과 차별화해 부르던 말이었다. 자신을 특별한 존재로 여기고 싶어서, 자신을 남과 구분하는 잣대가 고작 아파트 가격뿐이어서, 임대로 들어와 사는 이들을 그렇게 부르며 하찮게 여기던 것이다. 그런 말을 함부로 내뱉는 것이 당사자에게 엄청난 상처와 낙인이 된다는 걸 알면서도 그랬던 것 같다. 아파트 출입구를 따로 내 자기 자식들과 섞이지 않게 해달라고 민원을 넣었던 이들은 그것이 자신들의 권리라고 생각했겠지.

어릴 적 내가 이사 간 그 동네에도 그런 구분이 있었는데, 사십 년 가까이 되어가는 지금도 잊히지 않는 말이 있다.

"연립주택 애들은 아파트 놀이터에서 놀면 안 돼. 나가!"

그 아이들에게 그런 마음을 심어준 것은 누구였을까. 그래도 된다고 허락한 이는 누구였을까. 지금 생각해도 화가 난다. 그때로부터 사십여 년이 지난 지금, 우리 사회는 과연 얼마나 정상화되었고 얼마나 문명화되었을까.

"니는 체육복이 그게 뭐고?"

학교를 옮기고 한참 지났을 때였다. 담임 선생님이 체육 시간에 나를 불러 말씀하셨다. 그때까지 나는 그전 학교에서 입던 체육복을 그대로 입고 있었다. 노란 체육복이었는데 새 학교의 체육복은 파란색이었으니 얼마나 튀었겠는가. 아이들은 쑥쑥 크니까 꼭 맞는 옷을 사 입히면 안 된다고 부모님이 어찌나 큰 걸 샀는지, 입학할 때 산 체육복은 그때까지도 바짓단이랑 소매를 한 번쯤은 접어 입어야 할 만큼 넉넉했다. 아직 어렸지만 부모님이 돈 쓰는 걸 얼마나 무서워하는지 알 만큼은 아는 막내딸이었던지라, 전학 온 뒤에도 도저히 체육복을 새로 사달라는 말이 안 나와서 그러고 다녔던 것이다.

체육 수업이 있는 날은 나도 모르게 고개를 땅에 박고 걸었다. 부끄럽고 마음이 불편했지만 그래도 체육복은 체육복이니까, 하는 마음으로 입고 집을 나섰다. 그런데 선생님이 그렇게 말씀하시는 순간, 겨우 버티고 있던 자존심이 무너져내렸고, 바닥에 가라앉아 있던 부끄러움은 얼굴을 뚫고 나와 홧홧거렸다. 집에 어떻게 왔는지 기억이 나진 않지만, 많이 울면서 왔을 것이다. 어리고 소심했던 그 시절의 나를 꼭 안아주고 싶다. 그래도 그 덕분에 체육복은 새로 사서 입었던 것 같다. 그 뒤로 체육 수업이 있는지 없는지 신경 쓰지 않고 지냈던 걸 보면.

> 아침마다 학교 가는 길에 석우는 영택이네 집 초인종을 누릅니다. 그러면 영택이 어머니가 나와서 가방을 건네줍니다. 석우는 가방 두 개를 메고 학교까지 걸어갑니다. 혹시라도 다른 아이들이 볼까 봐 부지런히 갑니다.
>
> _『가방 들어주는 아이』, 사계절

고정욱 작가의 『가방 들어주는 아이』의 초반부 대목이다. 석우는 2학년이 되면서 다리가 불편해 목발을 써야 하는 반 친구 영택이의 등굣길을 돕게 된다. 좋은 일을 하는 건데도 어린 마음에 그 시간이 불편하고 힘들어서 다른 이의 시선을 신경 쓰고 있다.

아이들과 다른 체육복을 입어야 했던 내게 죄가 없듯이, 다리가 불편한 영택이의 가방을 대신 들어주는 석우에게도 당연히 잘못은 없다. 그런데도 석우는 다른 아이들의 눈에 띄지 않으려 애쓰며 집으로 간다. '다르다'는 것은 이렇게 무섭다. 특히 어린이들에게는 더욱. '다르다'를 '틀리다'로 받아들이는 세상이기 때문일까. 장애가 있는 친구의 가방을 들어주는 아이가 오히려 놀림을 받아야 하고, 좋은 일을 하면서도 마음이 불편하다.

다리를 전다고 영택이를 놀리던 아이들은 석우까지 한꺼번에 싸잡아 놀린다. 자신과 다른 존재를 구분 짓고 차별하는 건 생각보다 쉽다. 그렇게 하지 않는 일이 어렵기 때문에 교육이 필요하고, 지켜봐주는 어른이 필요한 것이다.

석우는 가방은 들어주지만 영택이를 친구로 받아들일 마음은 없어서 가방만 들고 오갈 뿐 곁을 주지는 않았다. 그러다 영택이 엄마에게 준비물 도움도 받고, 선물도 받고, 생일잔치에 가서 영택이의 슬픔을 목격하면서 점점 마음을 열게 된다. 그러나 제대로 친구가 되지도 못한 상태에서 3학년이 되었고, 반이 달라졌다. 게다가 영택이는 치료 후 예전보다 다리 상태가 나아지면서 석우는 영택이의 가방을 들어주지 않게 된다. 내심 마음은 쓰였지만, 자유로운 등하굣길이 좋기도 해서 미안한 마음은 무시하고 지냈다. 그러다 장애인 친구를 잘 도와줬다고 모범상을 받게 되자 엉엉 울어버린다. 그 마음, 이해되고도 남는다.

진형민 작가의 단편 「꼴뚜기」라는 작품에는 '꼴뚜기'라는 별명으로 불리지 않으려고 온 반 아이들이 필사적으로 애쓰는 이야기가 나온다. 꼴뚜기와 관련된 어떤 것도 안 된다. 급식으로 나온 꼴뚜기를 먹어서도 안 되고, 꼴뚜기 그림도 안 되고, '꼴뚜기'가 된 친구와 닿아서도 안 된다. 꼴뚜기 별명을 지니게 된 아이는 모두에게 따돌림을 받는데, 불가촉천민 취급을 받던 '꼴뚜기' 아이가 다른 아이에게 그 별명을 넘겨주면 그전 아이는 자유로워진다는 규칙 속에서 아이들은 옴짝달싹 못 한다.

책에서 아이들은 자신들도 모르게 점점 '꼴뚜기'가 된 아이를 따돌리는 데 열중하고, 그것이 문제적 행동이라는 자각이나 반성 자체를 못 한다. 그때 담임 선생님이 나서서 깔끔하게 이 문제를 해결한다. 반 아이들 몰래 꼴뚜기를 넣어 끓인 국물로 요리를 해서는 아이들 모두에게 조금씩 먹여버린 것이다. 모두가 꼴뚜기가 되었으니, 동시에 누구도 꼴뚜기가 아니게 된 것이다.

> 원래 편식은 마음의 문제거든. 너희들 전부 다 꼴뚜기 싫다고 안 먹었지만, 모르고 먹으니까 이렇게 맛있잖아.
>
> _『꼴뚜기』, 창비

아이들에게 꼴뚜기 국물로 끓인 국수를 억지로 먹인 선생님의 태도가 그저 옳다고만 보기는 힘들지만, 그보다 더 심각한 문제를 해결하기 위해 나서준 선생님이 나는 고맙다.

아, 그리고 체육복 색깔이 다르다는 이유로 나를 따돌리지 않아준 그때 우리 반 친구들에게도 고맙다는 말을 전하고 싶다. 자신과 다른 것을 문제 삼지 않는 여리고 고운 마음들이 있어서 상처받지 않고 살아왔다. 물질적으로 많은 것들이 모자랐던 시절을 건너왔지만, 마음까지 가난해지지 않을 수 있었던 것은 다 그 친구들 덕분이다.

▸ 가방 들어주는 아이

고정욱 글 / 백남원 그림 / 사계절 / 2003년(초판)

▸ 꼴뚜기

진형민 글 / 조미자 그림 / 창비 / 2013년

눈물의 맛,
기어코 살아남아
행복해지자

권정생 소년소설
『몽실 언니』

맛있어서가 아니라 주린 배를 채우기 위해 넘겼던
나물죽 한 그릇의 고마움을 아는
이들이 많았으면 좋겠다.

우리 아버지는 1941년생이다. 일제강점기 때 태어나 한국전쟁이 일어났을 때는 겨우 열 살이었다. 청송은 지금도 그렇지만 그때는 더 사람이 적은 곳이었다. 외진 산골이라 전쟁이 나도 풍문으로만 들었지 실감을 못 하고 있었다. 그러다 어느 날 동네에 폭격이 있을 거라는 소문이 돌았고, 식구들 모두 짐을 싸서 피난을 가게 됐다. 누군가 아버지 동네에 북한군이 숨어 있다고 거짓 신고를 했기 때문이었다.

그런데 할아버지는 집을 떠나지 않겠다 하셨단다. 할아버지가 안 떠난다 하니 며느리 둘이 덩달아 남게 됐고, 할머니, 아버지와 아버지의 형제들, 그리고 나머지 식구들은 깊은 골짝으로 숨어들었다. 폭격이 시작됐고, 할아버지 집에 불이 났다. 할아버지는 지붕에 멍석을 올리고 불을 끄려 애썼지만 소용없었다. 다행히 목숨은 건지셨다.

그때 폭격으로 동네에서 두 명이 죽었다. 그중 한 명은 아버지와 동갑인 여자아이였다. 겨우 열 살, 그 아이는 죄 없이 죽어갔다. 참혹했던 다른 동네나 도시의 사정에 비하면 적다고 할 희생이었으나, 그 일을 두고 불행 중 다행이라 이야기할 수는 없다. 하나밖에 없는 생명을 빼앗긴 상동댁 할머니, 그리고 아버지의 동갑내기 동무였던 그 여자아이에게는 말이다.

"갱죽, 나물죽 닥치는 대로 먹었지. 나물 온갖 거 넣어 끓인 거, 그거는 참 무슨 맛인지. 어디 맛 보고 먹었겠나, 그저 배 채울라고 먹었지. 쌀밥 같은 건 생각도 못 하고, 그나마 우리는 형편이 좀 나아서 보리밥이라도 해 먹고 그랬다."

배급으로 나오는 옥수수 가루는 물에 풀어서 저은 뒤, 보자기에 올려 빵을 쪄 먹었다 했다. 술빵을 만들어 먹었던 모양인데, 모든 집에 다 나눠준 건 아니고 형편이 어려운 집에 먼저 주었다 한다. 쌀이 없어 옥수수빵을 쪄 먹어야 했던 그 이야기들이 지금은 다 꿈처럼 들린다. 비현실적이지만 현실의 이야기, 거짓말 같지만 진짜인 이야기, 믿고 싶지 않지만 믿어야 하는 이야기다.

아버지보다 한 해 먼저 태어난 엄마는 열한 살에 한국전쟁을 겪게 됐다. 외할아버가 "가시내는 배워봤자 아무 소용없다.” 하시며 동생을 업고 학교에 가 있는 엄마를 끌고 집으로 와버린 뒤로 공부는 생각도 못 했다. 맏딸이라 일찍부터 집안일을 했고, 남동생을 업어 키웠다. 남동생이 가방 메고 학교 가는 게 그렇게 부러웠노라는 어린 엄마를 떠올리면 마음이 아프다.

전쟁이 나서 피난을 가는데, 식구들 모두 짐 싸서 길을 나서는 게 신난 나머지 ‘난리가 만날 났으면 좋겠다’ 생각했다는 철없는 어린 엄마. 일을 안 해도 되고, 소죽을 끓이지 않아도 되고, 찬물에 빨래를 하지 않아도 되고, 동생들을 거두지 않아도 된다는 것만 생각한 까닭이었다.

엄마는 피난 가는 길에 사촌이랑 그렇게 싸웠다는데, 지금은 왜 그랬는지 모르겠다 하신다. 그렇게 골짜기에서 밥해 먹고, 산에서 잠을 자고, 일어나 걷고, 길에서 다시 밥해 먹는 생활을 한 달쯤 하다가 돌아왔다. 외할머니, 외할아버지는 두고 간 농사일을 다시 시작했고, 엄마는 열한 살 일꾼으로 돌아왔다. 일상이 얼마나 힘들었으면 날마다 난리가 났으면 좋겠다고 생각했을까. 다시 돌아온 집에서 인민군 구경도 못 한 채 전쟁이 끝났다. 세상은 전쟁으로 시끌벅적했지만 엄마의 삶에 큰 영향을 끼치지 않았던 것은 천만다행이다.

그러나 몽실이는 우리 엄마나 아버지처럼 운 좋게 전쟁을 피해 가지 못했다. 권정생 선생이 아픈 한국 현대사를 그려낸 『몽실 언니』를 처음 읽었을 때, 나는 초등학교 6학년이었다. 학급 문고에 있던 책을 학교에서부터 읽기 시작해 그날 집에 들고 가서도 꺼이꺼이 울면서 읽었다. 이런 좋은 책을 학급 문고로 갖춰주신 선생님, 새삼 감사하네.

몽실이의 아버지는 일제강점기 때 일본으로 건너갔다. 몽실이의 엄마는 먹고살려고 다시 시집을 갔고, 새아버지와 사이에서 동생이 태어나자 새아버지에게 학대받던 몽실이는 결국 사고로 다리를 절게 된다. 엄마를 때리던 새아버지가 엄마와 몽실이를 한꺼번에 문 쪽으로 밀쳤고, 그 바람에 처마 밑 마당으로 굴러떨어진 것이다. 몽실이 위로 엄마가 떨어져서 몽실이의 왼쪽 무릎이 반대로 젖혀져 부러진다. 이 장면이 너무 무서워 책장을 덮어버린 기억이 있다. 몽실이가 뭘 잘못했다고 이렇게 하는가. 새아버지 김 씨가 밉고, 몽실이를 지켜주지 못하는 엄마 밀양댁이 밉고, 그 와중에 또 동생을 낳아 기르는 둘이 야속했다. 몽실이가 다시는 걷지 못하게 될까 봐 얼마나 마음을 졸였는지 모른다. 어른이 되어 다시 책을 읽어도 이 장면에서는 그만 심장이 쪼그라든다.

이후 몽실이는 홀로 친아버지에게 돌아온다. 아버지는 북촌댁과 살고 있었는데, 다행히 새아버지와는 달리 따뜻한 사람이다. 그러나 행복도 잠시, 야속하게도 전쟁이 일어났고, 남의 집에서 머슴살이 하던 아버지가 전쟁터로 가게 되었다. 게다가 몽실이가 의지하던 북촌댁은 이복동생 난남이를 낳은 뒤 죽고 말았다.

> 거무죽죽한 산나물 죽이 뚝배기에 뜨거운 김을 내면서 방 안으로 들어왔다. 몽실은 죽을 먹었다. 훌훌 입으로 식혀 가면서 열심히 먹었다. 뚝배기 그득한 죽을 다 먹고 나니 땀이 흘러내렸다. 나물 빛깔처럼 파리한 얼굴에 잠깐 핏기가 돌았다.
>
> _『몽실 언니』, 창비

가난한 살림에 산나물 죽만 먹어도 몽실이는 괜찮았지만, 북촌댁 없이 혼자 갓난아기를 돌보는 일은 쉽지 않았다. 그래도 몽실이는 포기하지 않았다. 아기를 업고 전쟁을 헤쳐 나왔다. 구걸하고, 애걸하면서 동생을 지켜냈다.

몽실이가 난남이를 업고 친구 남주네 집을 찾아갔을 때 남주 어머니가 무시래기를 넣고 죽을 끓여주는 장면이 기억에 남는다. 그 죽 한 사발이 얼마나 따뜻했을까. 사람이 죽고 다치고, 살 길이 막막할 때 누군가가 마음으로 내어준 음식 한 자락이 얼마나 큰 위안이 되었을까. 고맙게도 남주 어머니는 "잘 먹든지 못 먹든지 남주하고 함께 우리 집에서 살자."고 말해준다. 이런 마음이 있어 사람은 살아갈 힘을 얻고, 절망 속에서도 지푸라기 같은 희망을 길어올릴 수 있다.

전쟁터에서 친아버지가 돌아왔으나 몽실이의 상황은 조금도 나아지지 않았다. 몽실이가 구해 온 빵을 함께 먹는 아버지의 얼굴은 어둡기만 했다. 강냉이 가루로 반죽해서 깡통에 부어 만든 빵은 그런대로 구수하고 달콤했지만, 포로가 되었다 도망쳐 온 아버지는 다시 일어설 힘이 없었다. 결국 앓던 친아버지는 돌아가시고, 친엄마도 동생들만 남기고 돌아가셨다.

어른들은 다 죽고, 몽실이와 아버지가 다른 영득이와 영순이, 어머니가 다른 난남이는 살아남아 몽실이의 돌봄 아래 성장했다.

어른이 된 난남이가 병든 몸으로도 "엄마가 날 낳아준 것 고마워." 하고 말하는 모습이 참 애잔했다. "갓난아기 때부터 암죽을 끓여 먹이며 키워준 언니, 구걸해서 얻은 밥을 먹지 않고 먹여준 언니"가 참 좋아서란다. 난남이는 돌아서 가는 몽실이를 향해, "언니……. 몽실 언니……." 하고 기도문을 읊조리듯 나직하게 불렀다. 자신이 죽지 않은 것은 순전히 몽실 언니 덕분이었음을, 엄마도 아버지도 사라진 황폐한 땅에서 동생을 버리지 않고 절뚝이며 이 집 저 집에 구걸한 음식을 먹이지 않았다면 살아남을 수 없었음을 난남이는 알고 있었던 것이다.

몽실이가 착한 남편을 만나 따뜻한 가정을 꾸린 것을 다행이라 해야 할까. 꼽추 남편과 아이 둘을 낳고 여전히 고단한 삶을 이어가고 있기는 하지만, 몽실이가 추워 보이지 않는 것만은 다행이다. 버림받았던 자신과는 다르게 따뜻한 품에서 아이들을 길러내는 동안 몽실이가 아이들에게 큰 위로를 받았으리라 짐작한다. 위태로운 걸음걸이로, "동생들을 등에 업고 가파르고 메마른 고갯길을 넘고 또 넘어온"(291쪽) 몽실이가 아닌가. 엄마가 머리에 인 짐을 번쩍 받아 내려주는 몽실이의 딸 기덕이가 참 고맙다.

맛있어서가 아니라 주린 배를 채우기 위해 넘겼던 나물죽 한 그릇의 고마움을 아는 이들이 많았으면 좋겠다. 평생 고생한 언니의 뒷모습을 눈물로 배웅하며 기도하듯 그 이름을 부르는 마음을 이해하는 어린이가 많았으면 좋겠다. 이미 백만 부가 넘게 팔렸지만, 『몽실 언니』가 앞으로도 오래도록 사랑받는 책이었으면 좋겠다.

▸ 몽실 언니

권정생 글 / 이철수 그림 / 창비 / 1984년(초판)

세월의 맛,
슴슴하면서
오래 남는

유은실 동화
『우리 집에 온 마고할미』

죽기 전에 꼭 한 번은 더 먹어보고 싶은
음식들인데 설혹 다시 먹을 수 있다 해도
내 입맛이 변했을지도 모른다.
그러니 맛있을 때 많이 먹자. 먹을 수 있을 때 먹자.

십 년도 훨씬 전이다. 『아흔일곱 번의 봄여름가을겨울』을 쓰신 이옥남 할머니 댁에서 하룻밤 보낼 기회가 있었다. 할머니 손자인 탁동철 선생이 가르친 아이들 시를 묶어 책으로 출간하는 일을 맡은 덕분이었다. 어린이들 곁에서 소년처럼 살아가는 탁동철 선생님께 이야기도 듣고, 노래도 들었다. 할머니는 서울에서 귀한 손님들이 왔다며 두부를 만들어주셨다. 콩이 끓어오르는 김 너머로 할머니는 환하게 웃어주셨지. 할머니는 "맛이 없으면 어쩌나" 걱정하면서 갓 만든 두부를 숭덩숭덩 잘라 김치와 함께 내주셨다.

와, 그 맛을 어떻게 설명하면 좋을까. 난생 처음 먹어보는 굉장한 맛이었다! 얼핏 단단해 보이지만 입에 넣는 순간 스르르 녹아버리는 부드러운 맛이었다. 심심해 보이는 겉과 달리 속은 풍미가 꽉 차 있었고, 뜨거운 김과 함께 코로 스며드는 구수한 콩 냄새는 살짝 찍은 간장 덕에 입 속에서 달큼하고 꼬습게 퍼져나갔다. 한 그릇을 뚝딱했는데도 숟가락을 놓지 못하게 하는 맛이었다.

그날 밤 할머니 방에서, 할머니의 일기가 적힌 공책을 보았다. 한 자 한 자 꾹꾹 눌러 써 내려가신 공책을 보고 있으니 할머니의 일기 속에 담겨 있는 시간이 내 속으로 흘러들어오는 느낌이었다. 손자가 사다준 공책에 하루하루 송이 얼마를 땄고, 얼마에 팔았고, 누가 전화를 했고, 누가 다녀갔다는 일상의 이야기를 성실하게 써 내려간 이옥남 할머니. 흡사 오늘은 누구를 베었고, 무엇을 고쳤고, 적을 몇이나 죽였는지 사실을 건조하게 써 내려간 이순신의 일기를 읽는 기분이랄까. 할머니가 밤마다 공책 앞에 앉는 것은 기도와 다름없는 행위처럼 느껴졌다. 할머니가 글씨를 쓰는 정성은 밭을 매고, 나물을 갈무리하고, 송이버섯을 살살 달래가며 캐는 순간들과 다를 바 없는 것이었다. 할머니의 일기가 책으로 출간되었을 때 사람들이 환호한 것도 그걸 알아챈 덕분이지 않았을까.

나중에 『아흔일곱 번의 봄여름가을겨울』을 읽으면서 그날 먹은 두부 맛이 떠올랐다. 때로 어떤 음식들은 입이 아니라 머리에 깊이 새겨지기도 한다. 특정 시간을 떠올릴 때마다 제멋

대로 후각을 자극해 곤란하게 하기도 한다. 시장 두부와는 비교가 안 되는 엄청난 맛을 경험한 덕분에 '손맛'이라는 것이 존재한다는 것을 제대로 깨달았다.

정선 5일장을 구경 갔다가 먹은 콧등치기 국수를 빚던 할머니의 투박한 손맛이 그랬고, 통영 앞바다에서 몇십 년째 충무김밥만 파는 할머니네의 놀라운 깍두기 맛도 그랬고, 아우라지에서 처음 먹어보고 너무 심심해서 '이걸 돈 받고 판다고?' 싶었던 곤드레나물밥의 정수를 맛보게 해준 구절리의 허름한 할머니네 솥밥이 그랬다. 사람들을 상대로 힘들고 거친 장사를 해온 분들이라 살갑고 친절하진 않았지만 음식에 밴 손맛은 제대로였다. 웅숭깊은 맛이랄까, 처음엔 자칫 무감하게 먹었다가도 세 숟가락쯤에는 '이건 뭐지?' 하는 기분이 들고 마는 것이다.

죽기 전에 꼭 한 번은 더 먹어보고 싶은 음식들인데, 적고 보니 좀 황망하기도 하다. 그분들은 지금쯤 다 돌아가셨을 것이다. 설혹 그 음식을 다시 먹을 수 있다 해도 내 입맛이 변했을지도 모른다. 벌교에서 꼬막 정식을 처음 먹은 엄마가 "죽기 전에 여기 와서 또 먹을 날이 있겠나?" 하셨던 그 마음이 손에 잡힐 것 같다. 그러니 맛있을 때 많이 먹자. 먹을 수 있을 때 먹자. 사는 게 사실 별거 없고, 다 입에서 똥꼬까지, 딱 그만큼 거리라 하지 않던가.

『우리 집에 온 마고할미』는 한 시간 이십 분 만에 열두 가지 반찬을 뚝딱 만들어내고, 보통 밥그릇보다 두 배쯤 큰 그릇에 밥을 먹고, 힘이 엄청 센 할머니가 윤이네 집 도우미로 오면서 생기는 일들을 담았다. 가방 하나 달랑 들고 세 식구 사는 집에 밀고 들어온 할머니는 세 가지를 지켜달라 했다. 절대 방에 들어오지 말 것, 집안일은 자기 맘대로 하게 둘 것, 책 읽어달라고 하지 말 것. 할머니가 만든 반찬들이 놀랍게 맛있어서, 세 식구는 군소리 없이 할머니를 받아들인다.

할머니가 온 날부터 집 안은 현관부터 화장실, 창문과 바닥까지 반짝반짝 빛이 나기 시작했다. 사흘 만에 이불이랑 커튼까지 싹 빨았다. 윤이는 할머니만 알고 있는 직녀 얘기도 듣고, 해와 달이 된 오누이들의 진짜 모습도 알게 된다. 할머니가 책 읽어주기 싫다 한 것도 이해가 된다. 할머니가 아는 이들 이야기가 엉터리로 담겨 있는 이야기책이니 안 그렇겠는가. 팔을 뻗으면 하늘까지 닿았던 커다란 마고할미가 어떻게 윤이네 집에 오게 됐는지 궁금해서 할머니를 내내 지켜보게 된다.

말했듯이, 윤이 아빠나 엄마가 할머니를 도우미로 받아들이는 데는 할머니의 음식 솜씨가 절대적인 역할을 했다. 음식 솜씨 없는 엄마는 일찌감치 부엌을 멀리했고, 아빠 역시 힘들기는 매한가지였다. 코로나19 때문에 온 식구가 집에서 복닥이며 지내본 사람이면 누구나 공감할 것이다. 하루 세 끼 밥 챙겨 먹는 것만큼 어려운 일도 없다는 것을. 먹고사는 일만큼 숭고한 일이 또 어디 있을까. 마고할미가 누구인지 알아보지도 않고 음식 맛에 반해 방을 내준 윤이네의 마음이 이해되고도 남는다. 사람이 만든 음식이 이렇게 맛있을 순 없다며 감탄하는 엄마, 아빠와 달리 윤이는 엄청나게 커다란 그릇에 밥을 먹고 드르렁드르렁 요란하게 코를 고는 할머니가 이상하고 무섭고 궁금했다.

그러나 할머니가 윤이네 집에 머문 시간은 길지 않았다. 할머니가 가방에 고이 넣어둔 한복을 꺼내 춤추던 모습을 윤이가 몰래 봐버렸기 때문이다. 할머니는 정체가 들통나면 그 집에 계속 살 수 없다. 이제 윤이는 할머니 반찬을 더 이상 먹을 수 없게 됐고, 집 유리창도 화장실도 더는 반짝거리지 않게 됐다. 엄마도 아빠도 믿지 않지만, 윤이는 자기 집에 다녀간 분이 진짜 마고할미라는 걸 안다. 오래오래 함께 지내고 싶었는데 아쉽기만 하다.

마고할미가 차려준 밥상, 그게 어떤 맛일지 참으로 궁금하다. 마고할미한테 옛이야기도 듣고, 마고할미가 춤추는 것도 본 윤이가 한없이 부럽다.

51명의 충청도 할머니들이 한평생 만들어 먹은 음식들의 비법을 담은 책 『요리는 감이여』에는 참으로 맛난 이야기들이 많이 나온다. 삐뚤삐뚤한 손글씨가 한없이 정겹고, 요리 비법을 물으면 "내가 하면 맛있게 된다."는 대답에서 자부심이 엿보인다. "이 나이쯤 되면 대충 눈대중으로 담궈두 난리가 나게 맛있는 겨." 하는 경지에 나는 언제쯤 이를 수 있을까.

아직도 몇 가지 음식 말고는 끝없이 레시피를 뒤적거려야 하는 신세인 내가 "요리는 감이여" 하는 경지에 이르려면 넘어야 할 산이 한둘이 아니다. 소금이나 설탕을 '적당량' 넣을 줄 알게 되려면 도대체 얼마나 많은 밥상을 차려야 하는 걸까. 화학조미료 없이는 도저히 구현할 수 없을 것 같은 '감칠맛'을 자연에서 얻은 재료들로 뚝딱 만들어내려면 얼마나 많은 냄비를 태워먹어야 하는 걸까.

봄이면 엄마가 만들어주는 쑥버무리에서 들판의 생기를 느끼고, 여름이면 오이냉국 한 그릇에 살아 뛰는 계절을 몸에 담았다. 가을이면 도토리묵을 먹고 겨울이면 값이 한없이 싸지는 홍합탕에서 온기를 얻었다. 그렇게 자연스럽게 계절을 먹게 했던 엄마의 밥상. 이미 우리 집에 마고할미가 와서 살고 있었음을 이제야 알겠다.

소금 한 톨 넣지 않은 슴슴한 맛
바다 내음으로만 간을 한 심심한 맛
그래도 자꾸만 입맛 다시게 하는 맛

진하지 않고 깔끔한 담백한 맛
한 입 먹으면 두 입 궁금한 감칠맛

바다에서 길어올린
자연의 맛

『봄 여름 가을 겨울 맛있는 그림책』(김단비 글, 남성훈 그림, 웃는돌고래)에 나오는 '삼삼한 맛'에 나는 이런 글을 썼다. 슴슴함과 심심함, 담백함과 감칠맛 사이 그 어디쯤에서 내 손맛도 좀 만날 수 있으면 좋겠다. 내 아이가 훗날 기억하는 엄마의 맛, 할머니의 맛, 세월의 맛 어디쯤에 그리움 한 소끔 더해질 수 있다면 좋겠다. 음식의 내용보다 그 음식에 담긴 이야기에 귀 기울일 줄 아는 사람, 윤이 같은 아이가 되어주면 좋겠다.

▸ **우리 집에 온 마고할미**

유은실 글 / 백대승 그림 / 푸른숲주니어 / 2015년

자연의 맛,
땀 흘려 일하면서 살던
그 몸과 마음 그대로

아이들 시 모음
『일하는 아이들』

우리도 커서 목동이 되겠지, 생각했던 아이들이
자신의 몸에 새겨진 자연의 시간을
잊지 않는 어른이 되었으면 좋겠다.

그 휴게소는 몽골 초원 한가운데에서 거짓말처럼 갑자기 나타났다. 신기루인가 착각할 만큼. 울란바토르에서부터 꼬박 네다섯 시간을 달려 도착한 그곳에서 보이는 것은 사막화된 평원과 마른 풀, 지평선뿐이었다. 가축이 죽으면 매장하지 않고 그냥 두는 터라 땅 곳곳에 짐승 뼈들이 뒹굴고 있었다. 비현실적으로 높고 눈이 시리게 푸른 몽골의 하늘을 배경으로 난데없이 나타난 휴게소에서 내 배는 맹렬하게 소리치고 있었다. 매운 것을 달라, 독하게 매운 것을, 하고.

그러나 내 앞에 놓인 것은 햄버거였다. 자극적인 것을 원하는 입맛이 당길 리 없었다. 게다가 햄버거 속에 든 소고기 패티는 고무처럼 질겼다. 알고 보니 방목해 기르는 소고기가 원래 그렇다고 했다. 배는 엄청나게 고픈데 먹을 수가 없어서 차茶라도 마셔볼까 싶어 두리번대는데, 내 앞에 비리고 느끼한 수태차가 놓였다. 양젖이나 말젖에 찻잎과 소금을 넣어 끓인 차인데, 익숙해지면 구수하다지만 낯설어서 먹기 힘들었다. 여기서 굶어 죽지 않고 살아 돌아갈 수 있을까?

시민단체 '푸른아시아'의 몽골 사막화 방지 프로그램에 참여하려고 몽골에 다녀온 것은 십 년쯤 전 일이다. 작은 버스에 구겨 넣어진 채 다시 몇 시간을 달려 바양노르에 도착했다. 그곳 학교 기숙사에 짐을 풀고 마중 나온 '푸른아시아' 활동가들과 인사를 나눈 뒤 작업할 현장을 둘러봤다. 사막화되어가는 몽골에 나무를 심고 현지 사람들을 고용해 경제적 자립까지 도모하고 있는 바양노르 식목 현장에 머무는 동안 내가 한 일은 단순했다. 일어나면 아침을 먹고, 식목 현장으로 이동해서 구덩이를 파거나 전날 파놓은 구덩이에 어린 나무를 심고, 흙을 붓고, 물을 준다. 점심 먹고 같은 일을 반복한 뒤 저녁 먹고 자는 것이다.

이 모든 과정을 몽골 초등학생들과 함께했다. 아이들은 물양동이를 들고 나르느라 손에 물집이 잔뜩 잡힌 내 손을 다정하게 쓸어줬다. 내가 힘들어하자 슬쩍 와서는 내 양동이를 대신 들고 가기도 했다. 말갛게 웃는 얼굴이 너무 고와서 가슴이 시리기도 했다. 이 아이들의 삼촌이나 아빠, 혹은 먼 친척 한

두 명쯤은 꼭 한국에 일하러 나가 있었다. 우리나라에서 이주 노동자를 대하는 태도를 생각해볼 때 이 아이들의 환대는 분에 넘치는 것이었다. 괜히 죄스러웠다.

아침 산책을 나갔다가 말을 타고 달리는 일곱 살쯤 되는 아이를 보고 깜짝 놀라기도 했다. 생각해보면 자연스러운 일이긴 했다. 그곳에서는 자동차보다 흔한 것이 말이었으니까. 떠오르는 아침 해를 배경으로 양 떼를 모는 일곱 살 남자아이의 그림자가 길게 길게 늘어지던 모습이 오래도록 잊히지 않았다.

> 오늘 소 뜯기로 가니까 어디서 논매기 소리가 들려왔습니다.
> 우리도 크면 저런 농부가 되겠지 하는 생각이 들었습니다.
>
> _ 『우리도 크면 농부가 되겠지』, 이오덕 엮음, 양철북

이오덕 선생이 가르친 아이들의 시와 일기글을 묶어 펴낸 책에 실린 최인모 어린이의 글이다. 1964년 당시 초등학교 4학년이었던 최인모 학생처럼, 몽골의 그 아이들도 '우리도 크면 목동이 되겠지.' 하고 생각했을까. 논매기 소리를 들으며 농부가 된 자신을 떠올렸던 누군가처럼, 몽골의 아이들 역시 대여섯 살 때부터 자신의 갈 길이 어딘지 받아들이며 살았다.

그러다가 다른 나라에 가서 몽골의 임금과는 비교도 안 되는 돈(그러나 현지 노동자에 비하면 말이 안 되게 적은 액수의 임금)을 받고 일하는 사람들을 보게 되면서 아이들의 꿈도 달라지기 시작했다.

내가 만난 아이들 중에서도 서툰 한국어로 서울에 꼭 갈 거라고, 가서 이영애(당시 몽골에서 드라마 '대장금'이 한창 방송 중이었다)를 볼 거라고 말하는 아이가 있었다. 나는 그 아이에게 여기가 훨씬 아름답다고, 이곳의 삶이 훨씬 멋지다고 말해주지 못했다.

아이들과 학교 기숙사 앞 계단에 앉아 이야기를 나누며 마시던 차에서 초원의 푸른 맛이 났다. 가슴은 답답했지만 그곳의 밤공기와 썩 잘 어울리는 맛이었다. 맛은 때로 입이 아니라 가슴으로 느끼기도 하니까.

"이게 무슨 차야?"

"수태차. 처음 먹어봐?"

말도 안 되는 소리. 이 차가 불과 며칠 전 휴게소에서 차마 뱉지는 못하고 한 모금 겨우 꿀꺽 삼켰던 그 비리고 느끼한 차라고? 내 입이 달라진 건지, 몽골의 공기와 물이 나를 정화한 덕인지, 아니면 그 휴게소가 맛집이 아니었던 탓인지 나는 알지 못한다. 다만 그 계단에 주저앉아 이야기를 주고받으며 낄낄거렸던 순간들이 수태차에 마술을 부린 것이 아니었을까 짐작할 따름이다.

한국에서 나무를 심으러 온 사람들과 같이 일도 하고 이야기도 나누면서 자연스러운 문화 교류를 꾀했던 프로그램 덕에, 나는 몽골 아이들의 고운 마음을 충분히 느낄 수 있었다. 내 손을 잡아끌면서 서로 자기 집에 가자고 청하는 아이들 덕에 부자가 된 것 같았던 추억도 남겼다. 그 아이들과 함께 일한 덕에 그 질긴 소고기도 웃으면서 먹을 수 있었고, 게르에도 들어가볼 수 있었고, 갓 태어난 새끼 양도 구경할 수 있었다. 나는 그 아이들에게 무엇이라도 하나 주었는지는 모르겠지만.

> 봄이 오면
>
> 나는 학교 갔다 오면
>
> 아기를 업고 점심을 하다가
>
> 아기가 자면
>
> 호미를 들고 가서 밭을 맨다.
>
> _『일하는 아이들』, 양철북

1970년에 안동 대곡분교 3학년이었던 김춘자 어린이의 시다. 이오덕 선생이 엮은 시집 『일하는 아이들』에는 고추밭을 매고, 담배를 엮고, 인동꽃을 따서 말리는 아이들의 모습이 계속해서 나온다. 날마다 놀기만 했으면 좋겠는데, 일만 시키는 부모님이 야속하다. 그래도 아이들은 동생을 업고 밥을 하고, 냇가에 나가 빨래를 하고, 우물에 가서 물을 길어오는 노동을 끝없이 했다. 그래도 그 시절의 어른들에게 아동 학대죄를 묻기는 힘들다. 그렇게 살아갈 수밖에 없었으니까. 어린 손 하나라도 빌리지 않으면 이어지지 않는 삶이었기 때문이다.

강경수의 그림책 『거짓말 같은 이야기』에는 날마다 지하 갱도에서 50킬로그램이 넘는 석탄을 실어 올리는 키르기스스탄의 하산, 하루 열네 시간씩 카페트를 짜는 인도의 파니어, 거리의 맨홀에서 살아가는 루마니아의 엘레나, 어른들의 전쟁에 총을 들고 나서야 했던 콩고의 칼라미까지, 감히 '행복'을 이야기하지 못하는 어린이들의 거짓말 같은 이야기가 담겨 있다. 『일하는 아이들』에 담긴 삶이 그랬던 것처럼.

그 아이들에게 그래도 살아가자고, 그럼에도 시를 쓰자고 하는 어른이 한 명만이라도 곁에 있으면 좋겠다. 『일하는 아이들』이 다시 나온 2002년(보리출판사), 이오덕 선생은 마흔이 넘은 옛 제자들, 그 시절의 아이들을 두고 이렇게 말했다.

> 나는 이들이 어디서 무엇을 하든지 그 어린 시절에 자연 속에서 땀 흘려 일하면서 살던 그 몸과 마음을 잃지 않고 있을 것이고, 그래서 온갖 어려운 일들을 잘 이겨내면서 바르고 착하게 살아가리라 굳게 믿습니다. (…) 시의 마음이란 자연의 아름다움을 가슴으로 받아들이는 마음이고, 생명의 귀중함을 생각하는 마음이고, 동정할 줄 아는 마음이고, 가난한 우리 것, 내 것을 아끼고 사랑하면서, 건강하게 일하는 것을 행복으로 아는 마음입니다.
>
> _『일하는 아이들』, 양철북

지금도 어디에선가 아이들에게 이런 마음으로 시를 쓰자고 말해주는 선생님이 있겠지. 그런 선생님을 만나, 피폐한 시간들 속에서도 행복을 꿈꾸는 아이들이 있을 거라는 희망을 가져본다.

몽골에 다녀오고 십 년쯤 뒤, 아이와 함께 제주도에서 말을 탄 적이 있다. 말고삐를 잡아주는 사람은 몽골에서 온 청년이었다. 몽골의 초원을 내달리던 사람이 제주 승마체험장에서 일하는 게 답답하지 않을까 생각했다. 테를지 국립공원에서 열세 살 소년이 고삐를 잡아주는 말을 타고 30분쯤 초원을 달렸던 경험 때문이었다. 아, 진정 달린다는 것은 이런 기분이구나 느낄 수 있었던 굉장한 경험이었다. 그 소년은 말 타는 게 익숙하지 않아 소리를 지르는 내 눈을 가만히 들여다보며 뭔가를 이야기했다. 알아들을 수 없었지만 왠지 마음이 편해졌다. 그 소년이 자라 지금 한국에 와서 이런 일을 하고 있는 것만 같았다.

우리도 커서 목동이 되겠지, 생각했던 아이들이 자신의 몸에 새겨진 자연의 시간을 잊지 않는 어른이 되었으면 좋겠다. 그리고 우리 아이들이 『일하는 아이들』을 읽으며, 지난 시절의 삶을 이해하고 공명하는 어른으로 자라주면 좋겠다.

▸ 일하는 아이들
이오덕 엮음 / 양철북 / 2018년

충격의 맛,
천연기념물을
먹는다고?

한병호 그림책
『미산 계곡에 가면 만날 수 있어요』

인간 세상이 코로나로 시끄럽거나 말거나,
어름치들은 입에 자갈을 하나씩 물고 옮기면서
알이 안전하게 머물 자리를 만들었겠지.
어쩌면 인간이 지구에서 사라지는 날이 온다 해도
이 순한 눈을 가진 물고기들은 변함없이
계곡 한쪽에서 삶을 이어갈지 모르겠다.

때는 1999년, 환경단체 사람들과 함께 765kv 고압 송전탑이 설치될 예정인 강원 지역에 다녀온 적이 있다. 송전탑 설치 예정 지역을 둘러보며 산사태 등의 안전 문제와 보호해야 할 동식물 서식지 파괴 문제도 살펴보고, 지역 주민들을 만나 인터뷰도 하고, 송전탑 반대 집회 취재도 했다. 임도를 따라 종일 걷다가 송전탑 설치 예정지에 다다르면 주변 생태를 조사하면서 사진도 찍고, 마을에서 하룻밤 묵고 나오는 일정이었다.

그렇게 다니다가 조난당한 동네 주민을 구조하기도 했다. 연세가 지긋한 어르신이 혼자 산에 올랐다가 계곡에서 발이 삐끗해 움직이지 못하는 상황이었는데, 살려달라고 희미하게 외치는 소리를 일행 중 한 명이 듣고 구조한 것이다. 로드킬 당한 동물들을 묻어주기도 했다. 사람이나 동물이나 그저 자연 앞에 무력한 생명일 뿐이라는 사실을 새삼 실감한 시간이었다.

송전탑 설치 반대 목소리가 높은 마을에서 하룻밤 묵게 되었을 때 일이다. 탑 주변을 흐르는 고압 전류 때문에 걱정이 많았던 마을 주민들은 우리를 무척이나 환대했다. 조사 잘 해달라고, 자신들이 할 일을 대신 해주어 고맙다며 고기에 막걸리에 맛난 저녁을 대접했는데, 끊임없이 나오는 음식들 중에 민물고기 회무침이 있었다. 생선회를 먹지 못했던 나는 젓가락 한번 대지 않았지만, "집 앞 개울에서 잡은 물고기들이에요. 제법 맛나요. 드셔보셔." 하며 자랑스레 권한 터라 다른 사람들은 맛나게 먹었다.

나중에 들으니 그 물고기가 천연기념물 어름치였다. 그걸 모르고 먹은 사람들은 당황하고 말았다. 환경단체 사람들이 천연기념물을 먹었다니! 뭐랄까, 해골에 고인 물인 줄 모르고 달게 마신 원효의 심정이 이랬을까 싶은 날이었다. 주민들도 개울에서 잡은 물고기가 그리 귀한 줄은 몰랐다며 몹시 당황해했다. 이후 주민들과 격의 없이 지내는 활동가가 조심스럽게 말씀드렸다. 상황이 이러하니 앞으로는 이 물고기를 잡지 않으시는 것이 좋겠다고.

개중에는 그것이 어름치인 줄 알고 먹은 이도 있었다. 이십 대의 나는 알고도 먹은 것이 이해되지 않았다. 나중에 주민들과 따로 이야기를 나눴다고는 해도, 모르고 먹은 사람들의 죄의식은 어쩌나 싶었던 것이다. 그런데 시간이 지나고 보니, 그분이 옳았다는 생각이 들었다. 채식주의자지만 누군가 그 사실을 모르고 밥상에 정성껏 고기를 올렸다면 기꺼이 그 고기를 먹는다는 사람의 이야기를 들으며 무릎을 친 적이 있다. 그는 자신의 어떤 신념도 자신을 위해 귀한 밥상을 차려준 상대방의 정성보다 앞설 수는 없다고 했다. 귀한 손님이 왔다고 정성으로 잡아 요리한 음식 앞에서 천연기념물을 먹을 수 없다며 강경한 태도를 보일 수도 있었겠지만, 지역 주민과 사업을 계속해나가야 하는 사람이 취할 수 있는 최선의 태도였던 것 같다.

일회용품을 절대 쓰지 않겠다고 결심한 한 엄마가 있었다. 당연히 아기에게 천기저귀를 정성껏 빨아 입혀왔다. 그런데 그걸 모르는 주위 사람들이 출산 선물로 일회용 기저귀를 보냈고, 그 선물 앞에서 한참을 고민한 끝에 결국 쓰지 않고 버렸다 한다. 그것이 자신의 결심을 지켜나가는 최선의 방식이라 믿으면서. 그러나 십 년도 훌쩍 넘는 시간이 지나자 그때의 행동을 후회한다 했다. 그걸 누구에게 줄 생각도 못 하고, 다른 이의 마음과 아까운 자원을 동시에 버린 자신의 행동이 옳기만 했을까 싶다고. 물론 당시의 그가 그럴 수밖에 없었던 까닭을 이해하지 못하는 것은 아니지만.

환경을 먼저 생각하는 마음을 실천하는 데는 상당한 용기가 필요하다. 너는 뭐 그렇게 잘났느냐는 비아냥은 필수 옵션이고, 다른 사람 불편하게 하지 말고 그냥 편하게 좀 살라는 충고는 선택 옵션쯤 된다. 자신의 결심을 선언하고 내비치는 순간, 까다로운 혹은 불편한 사람이 될 각오를 해야 한다. 그런 면에서 여러 가지로 뾰족한 가시를 먼저 내세웠던 이십 대의 나보다는, 좀 둥글고 원만해진 사십 대의 내가 더 마음에 든다. 물론 이십 대는 뾰족한 것도 멋이다. 청춘들이 기성세대와 똑같이 생각하면 그것도 큰일이니까.

아무튼 그때 송전탑 건설 지역들을 돌아본 게 인연이 되어 고압 송전선 내셔널트러스트 운동에 동참하게 됐다. 건설 예정지 가운데 반드시 보호해야 할 지역을 여러 사람이 돈을 모아 공동으로 사서 송전탑 건설을 막으려는 운동이었는데, 나 역시 3만 원쯤 되는 돈으로 한 평을 사서 팔자에 없는 땅주인이 되었다. 그 뒤로 몇 년 동안 한국전력에서 그 땅을 팔라고 계속 연락이 왔는데, 환경단체에 권리 자체를 넘긴 뒤로는 조용해졌다. 그 땅은 결국 강제 수용되었다는 소식을 나중에 들었다.

도깨비 그림책으로 유명한 한병호 작가가 강원도 미산 계곡에 가서 물고기들을 관찰해 그린 아름다운 그림책 『미산 계곡에 가면 만날 수 있어요』에서 어름치를 다시 만났다. 작가의 애정이 묻어나서 그런가, 어름치의 눈이 특별히 다정하다. 책에서는 어름치를 "황금빛 몸에 작은 점이 가지런히 박힌 아주 잘생긴 물고기"라고 묘사했다. 눈 옆에 붙은 묘사는 더 다정하다.

"눈이 아주 커다랗고 금방이라도 눈물이 떨어질 듯한 것이 아주 착하고 순진해 보입니다."

그 마음이 그림에 그대로 묻어나서 한 쪽 가득 그려진 어름치에 저절로 손이 간다. 한참을 쓰다듬어보게 된다.

'산란 탑'을 쌓는다는 것도 눈길을 끌었다. 어름치는 알 낳을 때가 되면 자갈 바닥을 헤치고 거기에 알을 낳은 뒤에 알이 떠내려가지 않도록 돌멩이를 나른다. 손도 없는 물고기가 입으로 자갈을 날라 탑을 쌓는 모습은 경이로웠다. 천연기념물 민물고기 가운데 우리나라에만 있는 고유종 물고기는 어름치

하나뿐이라 한다. 우리나라에서 어름치가 사라진다면 이 세상에서 어름치는 완전히 사라지는 것이다.

자연과 가까이 지냈던 시절의 이야기를 만날 수 있는 작품은 또 있다. 부산에서 초등학교 아이들을 가르치고 있는 홍정욱 선생의 작품 「카스테라보다는 뱀」에는 시골 아이들이 가물치를 잡는 장면이 자세히 나온다.

> 비료 포대에 바람을 넣어 끝을 말아 쥐고 헤엄쳐 늪으로 들어갑니다. 늪을 뒤덮은 마름 줄기를 걷어 내고 한 줄로 둥근 빈자리를 여러 군데 만듭니다. 빈자리의 간격은 서너 발 정도의 거리가 적당합니다. 그러고는 양쪽 끝에 기다란 작대기를 꽂고 빈자리를 가로질러 지나도록 못줄 굵기의 줄을 잇습니다. 그런 다음 둥근 빈자리에 개구리를 미끼로 낚시를 내립니다.
>
> _「카스테라보다는 뱀」, 웃는돌고래

발이 닿지 않는 물속을 자신 있게 헤엄칠 수 있어야 하고, 포대 안에서 펄떡이는 놈을 붙잡으려면 힘도 세야 한다. 뱀이나 가물치를 사주는 약방에 가져가면 현금을 받는데, 그 돈이 있어야 중학교 가기 전에 자전거를 살 수 있다는 현실적 이유로 하는 낚시다. 그 시절 사람들이 살아가는 모습은 지금의 우리와는 많이 다르다. 야생에 닿아 있는 느낌이랄까. 나라는 가난했을지 몰라도 자연은 풍요로웠다. 물 있는 곳에는 물고기가 그득했다. 지렁이고 개구리고 어려움 없이 잡을 수 있었던 그때였다면 어름치 회를 보고 놀라는 일도 없었겠지.

올해도 강원도의 맑은 계곡에서는 어름치들이 알을 낳고, 새끼들은 깊은 계곡에서 신나게 헤엄치며 놀았겠지. 인간 세상이 코로나로 시끄럽거나 말거나, 어름치들은 입에 자갈을 하나씩 물고 옮기면서 알이 안전하게 머물 자리를 만들었겠지.

어쩌면 인간이 지구에서 사라지는 날이 온다 해도 이 순한 눈을 가진 물고기들은 변함없이 계곡 한쪽에서 삶을 이어갈지 모르겠다. 모쪼록 사람들이 지금보다 십 원어치쯤이라도 자연 앞에서 겸손해진다면 얼마나 좋겠는가.

▸ 미산 계곡에 가면 만날 수 있어요

한병호 글·그림 / 고광삼 사진 / 김익수 감수 / 보림 / 2001년

▸ 카스테라보다는 뱀

『꼭꼭 씹으면 뭐든지 달다』 수록작

홍정욱 글 / 윤봉선 그림 / 웃는돌고래 / 2013년

그리움의 맛,
마음을 다해 부르면

정채봉 동화집

『오세암』

그때 먹은 참새가 진짜 맛있었다고,
우리 아버지는 참 자상한 분이었다고 얘기하는
남편의 얼굴은 중년이 아니라 아이의 얼굴이었다.

엄마 젖이 어떤 맛이었는지 기억하는 사람이 있을까. 나만 해도 엄마 젖이 달았는지 고소했는지 전혀 기억이 나지 않는다. 분유 맛이라면 기억난다. 조카들이 먹을 분유를 탈 때 너무 뜨겁지 않은지 손등에 몇 방울 떨어뜨려 먹어본 적이 있으니까. 그 맛은 뭐랄까, 맹맹한 것이 설탕 넣은 우유를 따뜻하게 데워서 거기에 물을 잔뜩 탄 느낌이었다. 별로 맛있다는 생각은 안 들어서 '이걸 먹고 애들이 만족한다고?' 싶은 심정이 되고 말았다. 왠지 조카들이 안쓰러워진 순간이었다.

옛날에는 아기가 젖 빠는 힘이 약해 산모의 젖몸살이 심해지면 남편이 대신 빨아 젖줄을 틔웠다고도 하는데, 이야기로만 들었지 실제 주변에서 본 적은 없다. 젖몸살이 얼마나 아프고 힘든 것인지는 겪어본 사람만 안다. 온몸에 열이 나고 젖가슴은 불타오르는데 방법이 없다. 열을 식히기 위해 양배추를 세

통 네 통 뜯어 가슴에 붙여도 소용이 없다. 약을 먹을 수도 없으니 아이가 젖을 쭉쭉 빨아먹는 것밖에 방법이 없는데, 이제 갓 태어난 아기 역시 살기 위해 열심히 젖을 먹으려 애쓰지만 여의치 않다. 애도 엄마도 고생이다. 시간만이 해결해줄 수 있는 일이었다. 다행히 일주일쯤 지나자 나는 무사히 젖몸살의 시기를 넘길 수 있었다. 아이는 말 그대로 온 힘을 다해 젖을 빨았고, 하루가 다르게 몸집을 불려갔다. 젖만 먹고 사는 아기가 신기했다. 아기에게 건강한 젖을 만들어주려고 좋은 음식만 먹으려 애썼던 기억이 생생하다.

나는 엄마 젖을 오래 먹지는 못했다. 내 바로 위 오빠가 몇 년 동안 막내 노릇을 하다가 그러지 못하게 된 게 심술이 났는지 내가 태어나자 다시 엄마 젖을 먹겠다고 나섰기 때문이다. 오빠 때문에 시달린 엄마가 젖가슴에 빨간 약을 바르고 "엄마 젖이 아파서 이제 젖 못 먹어." 했더니, 정작 먹지 않겠다고 해야 할 오빠는 빨간 약을 쓱쓱 문지르고 젖을 계속 먹는데 아기였던 나는 고개를 젖히면서 안 먹겠다 하더란다. 나쁜 오빠 같으니라고. 지금에 와서 항의해봐야 무슨 소용이겠나. 영혼이 고파지는 순간마다 이게 다 젖 훔쳐먹은 오빠 때문이라고 핑계 댈 거리 하나를 더 챙겼을 뿐이다.

정채봉의 동화 「오세암」에는 관세음보살에게 젖을 얻어먹은 아이 길손이의 이야기가 나온다. 앞이 보이지 않는 감이와 이제 겨우 대여섯 살쯤 된 동생 길손이는 갈 곳이 없다. 첫눈 오는 날 만난 스님을 따라 절에 의탁하게 되고, 길손이는 스님과 함께 마등령 중턱에 있는 관음암에 같이 공부하러 가면서 누나와 잠깐 헤어지게 된다.

관음암에서 발견한 그림 속 관세음보살에게 "엄마라고 불러도 돼요?" 묻는 해맑은 아이 길손이는 스님이 먹을 걸 구하러 산 아래 내려간 동안 혼자 지내게 된다. 마음을 다해 부르면 관세음보살님이 오신다는 말을 "마음을 다해 부르면? 그러면 엄마가 온단 말이지?"로 받는다. 어린아이를 혼자 두고 가는 스님 발길도 무겁지만 어린아이를 데리고 장을 보는 일도 쉽지는 않을 터여서 어쩔 수 없었다.

스님이 마을에 내려간 사이 큰 눈이 내려 관음암 오르는 길은 완전히 막히고 말았다. 스님이 관음암에 오르기 훨씬 전부터 눈이 쏟아지기 시작했고, 한 달하고 스무 날이 지나서야 길손이에게 가는 길이 겨우 열렸다.

날이 풀리자마자 감이와 함께 관음암으로 올라간 스님. 두 사람은 "엄마가 오셨어요. 배가 고프다 하면 젖을 주고 나랑 함께 놀아 주었어요." 하며 법당문을 열고 나오는 길손이를 만난다. 설마, 그때까지 살아 있었다고?

빨간 맨발로 법당문을 열고 나오는 길손이를 뒷산 관음봉에서 내려온 여인이 가만히 품에 안는 것으로 이야기는 끝난다.

> 나를 위로하기 위하여 개미 한 마리가 기어가는 것까지도 얘기해 주었고, 나를 기쁘게 하기 위하여 노래를 부르고 춤을 추었다. 꽃이 피면 꽃아이가 되어 꽃과 대화를 나누고, 바람이 불면 바람아이가 되어 바람과 숨을 나누었다. 과연 이 어린아이보다 진실한 사람이 어디에 있겠느냐.
>
> _『오세암』, 샘터

길손이는 관음보살과 함께 떠났고, 감이는 감았던 눈을 뜨게 됐다. 사람들은 다섯 살짜리 아이가 부처님이 된 곳이라고 해서 암자 이름을 '오세암'이라 바꿔 부르기 시작했다.

아이 혼자 남아 견뎌야 했을 그 긴 시간이 도무지 상상이 안 된다. 어른에게도 힘들었을 그 시간을 도저히 견디기 힘들었던 길손이는 절집 탱화 속에 담긴 보살을 엄마 대신 의지한다. 날은 춥고, 배는 고프고, 무섭고 외로웠을 길손이가 마음으로

나마 의지할 누군가가 있었다는 사실은 얼마나 다행인지.

그렇더라도 그 어리고 약한 아이를 혼자 두고 장을 보러 갔던 스님의 행동은 이해가 안 된다. 잘못된 행동이 분명한데 의도가 나쁘지 않다면 괜찮은 걸까? 보호해야 할 대상을 제대로 보호하지 못하고, 잘못된 일인 줄 알면서도 관성에 젖어 저지르는 실수들이 있다. 이런 일이 생길 줄은 몰랐다는 변명 뒤로 숨어서는 안 되는 잘못을 어른들은 너무 많이, 너무 자주 저지른다.

그래도 아이가 혼자 외롭게 쓰러지지 않고 엄마 품에서 따뜻하게 사그라들었다 끝맺어 준 작가에게 감사할 따름이다.

이 동화를 쓴 정채봉의 시 중에 「엄마」가 있다. 운주사 와불을 보러 갔다가 그 시를 가만히 외어본 적이 있다. 산등성이에 비스듬히 누워 계신 와불의 팔을 베고 푸른 하늘을 바라보며 "엄마"라고 불러보는 마음, 사무쳤다.

와불을 둘러싼 울타리 때문에 팔을 베고 눕는다는 게 가능하진 않았지만, 울타리를 두르기 전이라면 그렇게 한번쯤 누워보고 싶다는 생각이 들 만큼 아늑해 보였다. 한낮의 햇살을 잔뜩 머금고 사위어가는 노을을 배경 삼는다면 더할 나위 없을 것 같았다. 따뜻하게 데워진 와불에서 그리운 엄마의 이름을 부르는 장면이 선명히 떠올랐다.

남편은 가끔 돌아가신 아버님이 구워주셨다는 참새구이 이야기를 한다. 참새구이라니, 나는 먹어본 적도, 구경한 적도 없다.

탱자나무 울타리 사이에 그물을 걸어 두고 밤을 지나면 참새 한두 마리가 그물에 걸려 있었다 했다. 그 조그만 참새를 잡는 것도 일이지만, 그걸 잡아다 아궁이에 구워 살을 발라내는 일은 또 얼마나 손이 많이 가는 것이었을까. 강아지처럼 앉아서 아버지가 참새 살을 발라주기를 기다리다 입을 딱딱 벌리는 어린 아들딸의 모습이 쉽게 상상된다.

그때 먹은 참새가 진짜 맛있었다고, 나중에 포장마차에서 참새구이를 팔기에 옛 생각이 나서 사 먹었다가 실망만 했다고, 우리 아버지는 참 자상한 분이었다고 얘기하는 남편의 얼굴은 중년이 아니라 그때 그 시절 아이의 얼굴이었다. 남편에게 참새구이는 아버지와 함께했던 시절로 돌아가게 해주는 막강한 요리다. 유년의 따뜻했던 한순간, 그립고 고소한 그 시절의 기억으로 남편은 외롭지 않게, 충만한 상태로 어른이 될 수 있었다.

아버지가 돌아가시지 않았다면 이 아이를 얼마나 귀여워하셨을까, 예뻐하셨을까 하면서 안타까운 손길로 아이의 머리를 쓰다듬는 때가 있다. 자신이 받은 넘치는 애정에 대한 확신이 없었다면 그럴 수 없으리라 생각한다.

사람마다 갖고 있는 그리움의 색깔이나 향기, 맛은 다 다를 것이다. 길손이가 먹은 젖은 엄마 젖과 똑같은 맛이었을 것이고, 감았던 눈을 뜬 뒤에 본 세상이 길손이가 일러준 세상보다 훨씬 못해 실망하는 누나가 가장 보고 싶었던 것은 바로 길손이의 얼굴이었을 것이다.

길손이는 혼자 남을 누나를 걱정하며 떠났을 것이고, 누나는 혼자 떠난 동생의 마지막 순간에 애달았을 것이다. 감이는 떠난 엄마에 대한 그리움에 길손이를 향한 그리움을 더해 두 배쯤 아팠겠지.

혼자 남은 감이가 너무 많이, 너무 오래 아파하지는 않았으면 좋겠다는 간절함으로 책장을 덮는다.

▸ 오세암

정채봉 글 / 송진헌 그림 / 샘터 / 1985년(초판)

치유의 맛,
잊지 않으려는 안간힘

김기정 동화
「길모퉁이 국숫집」

허기진 배가 아니라 영혼의 갈증을 어루만지는 순간들.
돌아가신 아빠가 좋아하던 국숫집을 차린 엄마가
한사코 아빠를 잊지 않으려는 순간들.
그런 안간힘이 결국은 우리를 구원하는 거라고 믿는다.

혼자 있는 게 가장 서러운 순간은 바로 아플 때다. 몇 날 며칠 끙끙 앓아도 들여다봐줄 사람 하나 없다면 더더욱 서러움이 사무친다. 이십 대 중반부터 삼십 대 중반까지, 십 년 넘게 서울에서 혼자 살았다. 홍대가 클럽 천국으로 변하기 전, 푸근했던 골목길 어딘가에 자리를 잡고 나름 행복하게 지낸다 생각하고 있던 무렵의 일이다. 노력할 만큼 했으니 이제 진짜 내가 하고 싶은 일을 해보자 싶었다. 그래서 다니던 직장을 그만두고, 읽는 삶에서 쓰는 삶으로 삶의 방향을 바꿨다. 사표를 낼 때는 자신이 넘쳤다. 잡지 몇 곳에 연재하던 글도 있었고, 인터넷신문에 쓰는 기사들도 반응이 나쁘지 않았던 터였다. 제법 두둑한 계약금에 만화 시나리오 의뢰를 받은 것도 있었고, 단행본 기획서를 내밀며 이참에 제대로 책 한 권 써보라는 친구도 있었다.

그러나 자만이었다. 눈 뜨면 집 앞 카페에 나가 몇 시간씩 자판을 두드렸지만 마감이 정해진 연재 원고 말고는 조금도 진전이 안 됐다. 취재를 열심히 다녔던 만화 시나리오는 중간에 엎어졌고, 공모전을 염두에 두고 쓰고 있던 글들은 다음 날 아침에 읽어보면 죄다 쓰레기였다. 나는 점점 무력해졌고, 세상일에 무감해졌다.

대구 집에는 여전히 회사에 다니고 있는 걸로 해둔 터라 비어가는 통장 잔고에 불안해져도 가족에게 연락하지 못했다. 전화기를 충전할 생각도 않고, 종일 누구와도 말을 하지 않는 날이 이어졌다. 밥을 제대로 챙겨 먹지 않은 것은 물론이었고, 밤이 되면 옆옆 집 지하에 새로 들어선 클럽에서 성능 좋은 중저음 우퍼가 쿵쿵대는 소리를 배경음으로 맥주를 마시다 잠이 들었다. 아프지 않은 것이 이상한 나날이었다.

호되게 몸살이 났다. 엄마의 쑥버무리가 환장하게 먹고 싶었다. 희한한 일이었다. 똠양꿍이며 스파게티며 파에야 같은 이국적인 먹을거리를 찾아다니다가도 아프면 괜히 엄마 음식 생각이 났다. 하지만 쑥버무리가 먹고 싶다고 엄마한테 전화하면 괜히 눈물이 날 거 같아서 참았다. 평소에는 생각도 안 나는 그 거칠고 슴슴한 음식이 어쩌자고 그렇게 먹고 싶었을까.

그때 아프고 외롭고 쓸쓸한 내 몸은 그 쑥버무리가 절실했다. 어디 가서 사 먹을 데는 없고 아무 옷이나 챙겨 입고 떡집까지 허위허위 걸어가 쑥떡을 사 왔다. 쑥은 눈곱만큼 들어간, 달기만 한 그 떡에서도 쑥 냄새는 나서 겨우 일어날 힘을 얻었다.

조해진의 소설 『단순한 진심』(민음사, 2019)은 프랑스로 입양 갔던 주인공 문주가 다큐멘터리를 찍기 위해 한국에 와 머무는 동안 있었던 일을 담고 있다. 임신을 한 채로 한국에 온 문주는 다큐멘터리 감독의 집에 머물게 되는데, 그 집 1층에서 식당을 하고 있는 복희에게 자신이 먹고 싶은 한국 음식 하나를 설명한다. 어릴 적 잠시 머물렀던 집에서 먹어본, 다시 먹어보고 싶었으나 이름을 몰라 찾지 못한 음식. 수수부꾸미였다. 문주가 더듬더듬 말하는 것을 듣던 복희 할머니는 쌀이 잘 안 나는 강원도 땅에서 사람들을 배불리 먹였던 수수라는 곡식이 있었음을 이야기해준다. 마침내 수수부꾸미를 한 입 베어 문 문주는 빗소리와 비에 젖은 나무 냄새, 그리고 문주야, 하고 부르던 목소리가 차례로 감각 속으로 밀려들어오는 걸 느낀다.

때로 음식은 그렇게 힘이 세다. 단편적인 기억만 남은 문주가 자신을 거둬준 기관사 가족을 찾을 수 있었으니까. 역에 버려진 문주를 데리고 와 보살피고, 고아원에 맡기기 전까지 살뜰히 보살펴준 가족을.

문주는 말한다.

"내가 이렇게 살아 있는 건 할머니가 제때 먹여 주어서이기도 하다고, 그때 그 음식 맛을 잊지 못해서 임신 상태에서도 비행기를 타고 여기까지 왔다고, 이 말도 꼭 전해주세요."(157쪽)

음식이 사람을 살릴 수도 죽일 수도 있음을 또 한번 깨닫는다. 이쯤에서 뜬금없는 생각이 들었다. 그런 면에서, 수라간 상궁이던 장금이가 의녀가 된 것은 참으로 자연스러운 직업 전환 아닌가!

> 그날 엄마는 다른 날과는 달랐어요. 왁자지껄한 고등학생들을 위해 가지가지 요리를 다 했어요. 엄마가 약속을 어기고 차림표를 바꾸다니. 스파게티, 돈가스덮밥, 고등어조림, 무채만두……. 열 가지도 넘는 종류였지만 나는 뭐라 하지 않았어요. 나만 특별 요리를 먹겠다고 고집하면 안 되잖아요. 한편으론 이 언니 오빠 들에게 무슨 일이 있었던 건지 걱정도 들었어요.
>
> _「길모퉁이 국숫집」, 창비

이 책을 스무 명 남짓한 어른들 앞에서 읽어준 적이 있다. 집에서 책 보는 동안 많이 울었으니 사람들 앞에서는 울지 않을 줄 알았다. 그러나 웬걸. 교복 입은 아이들이 와하하 웃으며 이 국숫집에 들어서는 장면부터 눈물이 줄줄 흘러내리는 통에 제대로 읽기가 힘들었다. 듣던 사람들도 다들 눈시울이 벌겠다. 그 아이들이 어디에서 왔는지 사람들 모두 알아차리고 말았기 때문이다.

「길모퉁이 국숫집」의 주인공인 여자아이는 국숫집을 하는 엄마와 같이 산다. 어느 날, 잠에서 깬 아이는 자기가 잠든 뒤 엄마가 문 닫은 가게에 나가 손님을 맞는다는 걸 알게 된다. 어떤 때는 나이 지긋한 할머니가, 또 어떤 때는 초여름에도 두꺼운 외투를 입은 아저씨가, 때로는 배가 몹시 고픈 아이가 찾아오기도 했다. 다들 엄마가 말아주는 따뜻한 국수 한 그릇을 후루룩 먹고 갔다.

분명히 맛있게 먹는 걸 봤는데, 손님이 가고 나서 보면 그릇 속 국수는 그대로였다. 궁금해 묻는 아이에게 엄마는 대답한다. 가끔 이렇게 문 닫은 가게 문을 두드리는 이들이 있다고. 처음엔 무서웠는데 이제는 아니라고. 따끈한 국수 한 그릇에 그들은 조금은 행복해 보이더라고.

그리고 그날 밤, 국수만 파는 국숫집에서 온갖 먹을거리를 다 달라고 하는 고등학생들이 왔다. 엄마와 아이는 그 부탁을 다 들어준다. 학생들이 돌아간 뒤, 피곤한 몸으로 잠자리에 누운 아이가 묻는다.

"모두 잘 지내겠지?"

이 대목에서 울컥 눈물 꼭지가 열리는데, 속수무책이었다. 모두 잘 지내겠지? 모두 잘 지내주었으면, 누구도 아프지 않았으면, 아무도 외롭지 않았으면, 모두모두 잘 지냈으면. 그런 마음으로 떠올리는 얼굴들이다.

그러고 나서 아이는 진짜 묻고 싶었던 걸 묻는다.

"우리 아빠도 올까?"

엄마는 아무 대답도 못 한다. 먹먹해진다. 이 짧은 글에서 어린이 독자들이 느낄 수 있는 감정의 격랑은 결코 얕지 않을 것이다. 굉장한 작품이다.

가수 김창완은 냉장고를 열었더니 소금에 절여진 고등어가 있다고, 내일 아침에는 고등어구이를 먹을 수 있다고 노래했다.(〈어머니와 고등어〉 중) 소금에 절인 고등어를 들여다보며 나직하게 들리는 어머니의 코 고는 소리에 맞춰 엄마만 봐도 봐도 좋다고 노래하는 마음. 그 순간 고등어는 그저 음식이 아니라 약이다. 치유의 약. 고단한 하루를 보내고 돌아와 평안을 찾게 해주는 열쇠인 것이다.

때로는 그 기억만으로도 살아갈 힘을 얻는다. 입양되기 전 한국에서 먹었던 수수부꾸미를 떠올리며 어린 시절이 그저 황폐하지만은 않았다는 것을 깨닫게 되는 문주나, 특별할 것 하나 없어서 오히려 더 먹기 힘든 쑥버무리 같은 음식을 애절하게 갈구했던 아팠던 나나, 분식집 메뉴를 몽땅 가져온 듯한 그날 밤 길모퉁이 국숫집의 만찬 같은 순간들이 있어서 앞으로 한 발자국 내디딜 수 있었다.

허기진 배가 아니라 영혼의 갈증을 어루만지는 순간들. 돌아가신 아빠가 좋아하던 국숫집을 차린 엄마가 한사코 아빠를 잊지 않으려는 순간들. 그런 안간힘이 결국은 우리를 구원하는 거라고 믿는다.

▸ 길모퉁이 국숫집

『모두 잘 지내겠지?』 수록작

김기정 글 / 백햄 그림 / 창비 / 2019년

상상의 맛,
네 마음을 들려줘

강소천 동화집
『꿈을 찍는 사진관』

어른이 되어 다시 읽어보니
어릴 때 못 보았던 것들이 보인다.
이런 신기한 사진관이 있다면
나는 과연 어떤 꿈을 사진으로 남기고 싶을까?

지난겨울, 이유를 알 수 없는 열이 계속 나고, 비염 증세도 낫지 않았다. 코로나19가 기승인 때라 호흡기내과에서 혈액 검사도 하고 엑스레이도 찍었다. 그러는 중에 담당 의사가 시티(CT)를 찍어보자고 했다. 엑스레이 사진에서 발견한 기관지염증을 좀 더 자세히 보는 게 좋겠다는 것이었다. 정상일 것으로 보이지만 미열이 계속되고 있으니 확인해보자면서. 담당 의사가 하는 말 뒤에는 최악의 경우이기는 하지만 시티 촬영에서 암이 발견되는 경우도 있다는 말이 숨어 있었다.

코로나19 시대에 열이 난다는 것은 격리, 확진 등의 단어들과 저절로 연결되는 증상이다. 일단은 배제할 수 있는 것들은 배제하자는 의사의 권유에 그러자 했다. 그렇게 마흔일곱에 난생 처음 시티를 찍었다. 폐소공포증이 조금 있어서 걱정했는데, 엠아르아이(MRI)와 달리 아래와 위가 뻥 뚫린 기계였다.

항불안제를 먹고 갈까 말까 고민했던 것이 무색해졌다.

엑스레이를 찍을 때는 이렇지는 않았는데, 좀 더 거창한 의료 기기가 나의 내부를 들여다본다고 생각하니 기분이 이상하기도 했다. '내 마음속 상태까지 다 찍혀 나오면 이거 낭패인데' 하는 말도 안 되는 생각도 했다. 분명히 옷을 입고 있는데도 뭔가 벌거벗겨진 느낌이었다. 아무튼 돈 들여 시티를 찍은 결과, 판정은 정상이었다.

의사는 사진을 보여주면서 정상 범주에 속하기는 하지만 왼쪽 기관지 확장증이라고 했다. 약을 먹을 정도로 심하지는 않지만, 일단 병명은 알고 있으라 했다. 그러면서 동그랗게 부푼 기관지를 두고 '보석 반지 사인'이라고 부른다 알려줬다. 사진을 보니 진짜 동그란 반지에 보석처럼 보이는 동그란 게 달려 있어 그 별명이 참 그럴듯해 보였다. 애초에 몸속에 귀한 보석 하나 지니고 있었던 나는 돈 주고 사는 보석 따위 필요 없는 사람이었던 거다.

시티를 찍는 그 짧은 순간, 난데없이 정채봉의 짧은 동화 「마음을 찍는 사진기」가 떠올랐다. 그 시절 베스트셀러에 올랐던 '생각하는 동화' 시리즈에 실려 있는 짧은 글이다. 작가는 이 동화에서 몸속을 보여주는 엑스레이 사진기처럼 마음속을 보여주는 사진기에 대한 이야기를 하고 있다. 이 사진기로 사진을 찍으면 감투나 박사 학위증, 자가용, 넓은 집, 돈다발이 찍혀 나오는 사람이 있는가 하면, 로봇이나 아이스크림이 선명히 찍혀 나오는 어린이들도 있었다.

그중에 바다가 내다보이는 작은 창문이 찍혀 나온 이가 있었으니, 고향 마을 집처럼 바다를 내려다보며 사는 것을 소원으로 가진 노동자였다. 짧지만 무척이나 인상적인 이 글을 읽으면서 지금 당장 내 마음에 이 사진기를 들이댄다면 도대체 뭐가 찍혀 나올까 두려워졌더랬다.

아주 어렸을 때 읽은 강소천의 『꿈을 찍는 사진관』도 기억한다. 세세한 내용은 잊었지만, 분위기나 줄거리는 오랜 시간이 지나도 남아 있다. 집에 카메라가 없어서 큰오빠 군대 가기 전 온 가족 나들이 갈 때 사진기를 빌려서 갔던 형편이었던지라 사진기 자체도 신기했지만, 아침이면 사라지고 마는 꿈을 담아 사진으로 뽑을 수 있다는 것이 무척이나 놀라웠다. 불가능해 보이는 일을 아무렇지 않게 해내는 것이 판타지 문학의 장점일 텐데, 어린 내가 강소천이 이 작품을 통해 이야기하고 싶었던 것들을 이해하고 읽었는지는 모르겠다. 꿈을 찍는 사진관에 가볼 수 있다면 재밌겠다, 정도밖에 생각하지 못 했을 것 같은데도 어찌된 일인지 이 작품의 잔상이 꽤 강하다. 이유가 뭘까? 1954년에 나온 강소천 동화집을 새로 읽어본다.

> 우리는 옛날을 다시 생각하기 위해서, 묵은 앨범을 꺼내서 사진 위에 머물러 있는 지난날의 모습들을 바라봅니다.
> 그러나 사진이란 다만 추억의 그 어느 한순간이요, 그 전부는 아닙니다. 정말 아름다운 추억이란 흔히 사진첩 속에서는 찾아보기 어려운 것입니다.
> 우리는 그런 불완전한 것이나마 전쟁으로 인하여 거의 잃어버리고 말았습니다.
> 그러나 요행히 우리에겐 '꿈'이란 게 있습니다.
> 이미 저세상에 가 버리고 없는 그리운 얼굴들도 꿈에서는 서로 만날 수 있습니다. (…) 꿈길에는 38선이 없습니다.
> _『꿈을 찍는 사진관』, 재미마주

북에서 내려온 주인공이 어린 시절 함께 보냈던 순이라는 친구를 꿈에서 만나 사진으로 찍었는데, 순이는 둘이 헤어졌던 열두 살에 머물러 있고 주인공만 스무 살 모습으로 찍혔다. 다시 가볼 수 없게 된 시절, 고향에 대한 그리움을 사진에 담아 간직하는 모습을 통해 어린이들에게 판타지 문학의 맛을 보여주는 작품으로, 교과서에도 실렸다.

학교에서 작품을 가르치는 선생님들은 이 작품을 어린이문학으로 보아도 되는지, 그렇다면 이야기를 주도하는 것이 어린이가 아닌데 괜찮을지, 일제강점기를 유복하게 보냈던 화자가 그 시절을 그리워하는 것을 문제의식 없이 보여줘도 되는지, 순이를 그리워하는 주인공의 마음에 아이들이 제대로 공감할 수 있을지 같은 내용들을 토론하기도 했다. 아이들에게 작품을 들려주고 이해시켜야 하는 선생님들로서는 다소 당황스러운 작품일 수도 있겠다.

어른이 되어 다시 읽어보니, 어릴 때 못 보았던 것들이 보인다. 다른 이야기는 차치하고, 한 가지만 생각해본다. 이런 신기한 사진관이 있다면 나는 과연 어떤 꿈을 사진으로 남기고 싶을까?

백희나의 그림책 『알사탕』을 볼 때도 그랬다. 박하 향이 진한 체크무늬 사탕을 먹고는 소파가 하는 말을 알아듣고, 까망하양 얼룩무늬 사탕을 먹었더니 강아지 구슬이의 속마음이 들린다. 까칠까칠 사탕을 먹었더니 아빠의 마음이 들리고, 분홍색 사탕을 먹으니 돌아가신 할머니가 안부를 전해온다.

나에게 이런 사탕 봉지가 생긴다면 나는 누구의 마음을 가장 먼저 열어보고 싶어질까? 이 책을 읽은 아이들은 반려견의 말을 알아들을 수 있다면 좋겠다거나, 일찍 돌아가신 아빠의 목소리를 듣고 싶다고 한다. 어른들은 아빠가 마음속으로 하는 "사랑해"라는 말에서 눈시울이 뜨거워지고 만다. 좋은 그림책은 읽는 이가 어린이건 어른이건 가리지 않고 마음을 움직인다.

그러나, 내 자신에게 진지하게 물어본다. 남편의 마음을 읽을 수 있는 사탕이 있다면 나는 그걸 먹을까, 안 먹을까? 아이의 마음을 고스란히 들려주는 사탕을 얻었다면 그걸 먹을까, 안 먹을까? 하고. 아무래도 나는 슬며시 사탕을 내려놓을 것 같다. 적당히 모른 채 살아가는 것이 서로에게 좋다는 것을 알 만큼의 세월을 함께 보냈기 때문이다. 마찬가지로, 남편이나 아이도 내 마음을 읽는 사탕 같은 건 안 먹었으면 좋겠다.

같은 이유로, 내 마음속을 보여주는 사진기가 있다면 그 앞으로는 절대로 지나가고 싶지 않다. 꿈을 찍는 사진관이 있다면 다른 사람들이 어떤 사진을 갖고 나오나 궁금하기는 하겠지만 내가 거기 들어가서 내 꿈을 굳이 현상해보고 싶지는 않을 것 같다.

강아지나 소파의 이야기를 듣는 것은 신기하고 유용한 일이겠지만, 적당히 모른 척하고 사는 게 속은 더 편할 것 같다 생각하는 것이 나 혼자는 아닐 것이다.

▸ **꿈을 찍는 사진관**

강소천 글 / 김영주 그림 / 재미마주 / 2015년

▸ **마음을 찍는 사진기**

『내 가슴 속 램프』 수록작

정채봉 글 / 김복태 그림 / 샘터 / 1988년(초판)

마음이 허기질 때
어린이책에서 꺼내 먹은 것들

1판 1쇄 찍음 2021년 11월 22일
1판 1쇄 펴냄 2021년 11월 26일

지은이 김단비

주간 김현숙 | **편집** 김주희, 이나연
디자인 이현정, 전미혜
영업 백국현, 정강석 | **관리** 오유나

펴낸곳 궁리출판 | **펴낸이** 이갑수

등록 1999년 3월 29일 제300-2004-162호
주소 10881 경기도 파주시 회동길 325-12
전화 031-955-9818 | **팩스** 031-955-9848
홈페이지 www.kungree.com | **전자우편** kungree@kungree.com
페이스북 /kungreepress | **트위터** @kungreepress
인스타그램 /kungree_press

ISBN 978-89-5820-753-5 03810